夏乃実
illust
麦うさぎ
2
ム配信者（20歳）、
忘れにより
いい人バレする。

Subscribe
200.000
「なっ、なんのことですか!?」

「春斗さんから見たうちは、そんなに綺麗やと？」
「調子乗らないの」
「だって春斗さんに褒められるの嬉しいっちゃもん」

「ほら、1回ギューってしてみて」

Subscriber
700.000
「じゃあその盾に入ってる名前、見せてもらってもいい？」
なかやま・はると
中山春
カフェアルバイト店員兼
『煽り系』ゲーム配信者。
ももぞの・りな
桃園リナ
顔出しカリスマ
ゲーム配信者

煽り系ゲーム配信者（20歳）、配信の切り忘れによりいい人バレする。2

夏乃実

OVERLAP

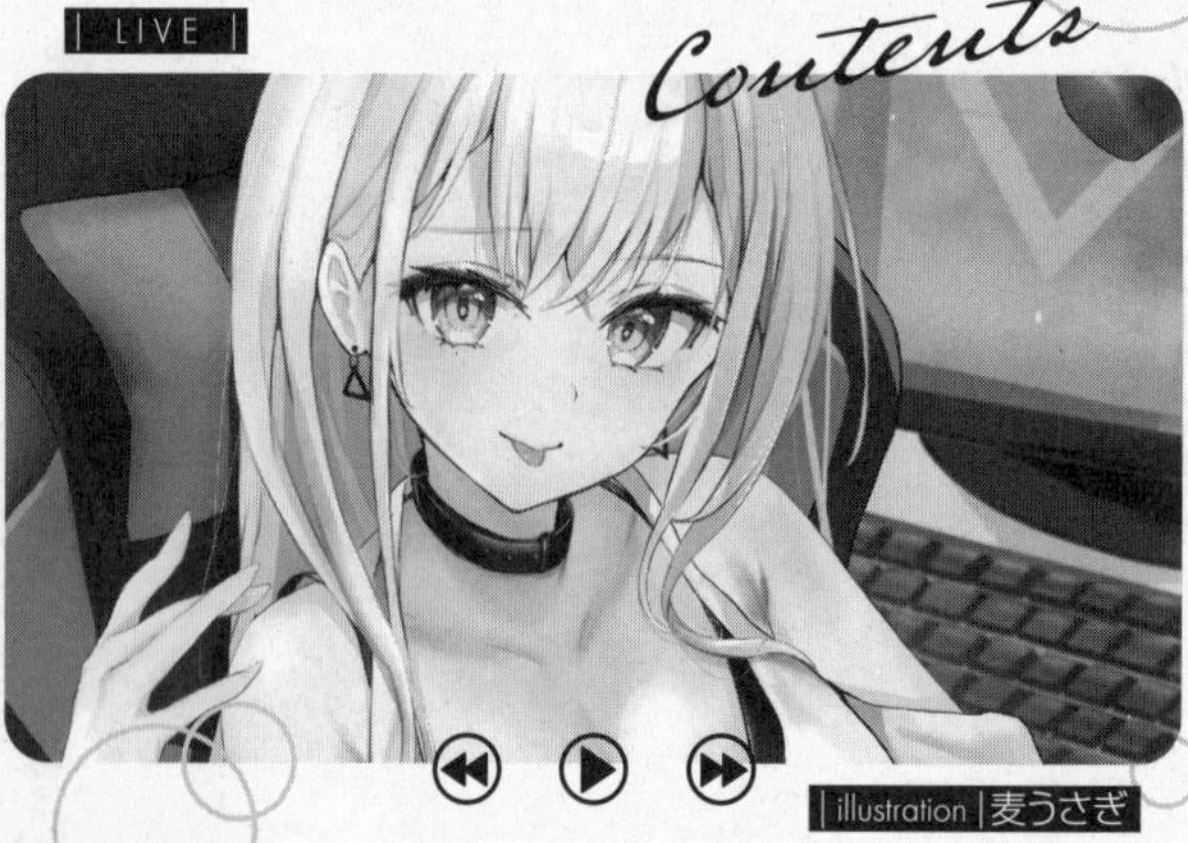
| LIVE |
| illustration | 麦うさぎ

Contents

プロローグ

ABEX《エペックス》という大人気ゲームを嗜《たしな》んでいる煽《あお》り系配信者が、不意に起こしてしまった放送事故――。

『注目を集めるためのビジネス煽りバレ』

『妹を大学に進学させるために配信を頑張っていることバレ』

『生活費を稼ぐために週6のバイトに勤《いそ》しんでいることバレ』

『家族を支えていることバレ』

その伝説的な事故を起こし、幾許《いくばく》かの時が経《た》ったある日のことである。

「おーいお前ら。今日は鬼《おに》ちゃんのチャンネル登録者数20万人突破記念ってことで、特別にカスタムマッチ立ててやるよ。この登録者数20万人超えの俺と一緒にやろうぜ。マジで」

中山春斗《なかやまはると》こと――鬼ちゃんは、7500人が視聴中の配信にて、こんな声を載せていた。

【マジで強調しすぎだろその数字w】

【今日だけで7回言ってるぞコイツ】

【本当嬉《うれ》しそう（笑）】

【最近うざ可愛《かわい》いな】

以前と比べ、コメント欄が優しくなっている現在。

無論、【マジでウザい】【キモい】【おもんない】などのアンチコメントも健在だが、見慣れたコメントが流れているおかげで、温かいコメントを見ても変に気持ちが上がることなく、普段通りの配信ができていた。

「ほらカスタム部屋立てたぞ。パスワードはOniOniNo.1な。早い者勝ちだから急いでな」

【めちゃくちゃスラッと決めたな。パスワード】

【配信前に一生懸命考えたんだろうな……】

【さすがにセンスないw】

【まあみんな。あんまり触れないでやろう。可哀想《かわいそう》だ】

「……コホン」

図星を突くコメントを一瞬見て咳払《せきばら》い。

「ほら、どんどん埋まってきたぞー」

ゲームの仕様上、最大でも60人しか入れないカスタムルーム。

この三人《トリオ》×20チームの枠を巡って視聴者がどんどんと入ってくる。

「ちなみにこのカスタムマッチで1位になったヤツのご褒美は、俺からのフレンド申請だからな。泣いて喜べ。……って、は？」

CHAMPIONになった時のご褒美を伝えた瞬間だった。

【いらね】

【やる気なくなった】

【最悪だ】

なんてコメントがズラララと並ぶのだ。

「お、お前ら要らねえってことねえだろ。普通に嬉しいだろ。これでも20万人の登録者いる配信者だぞ？」

さすがにツッコミのスイッチが入る鬼ちゃんである。

「……あ？　フレンド申請じゃなくて賞金の方が何倍もいい？　アホか。そんな金出す余裕ねえわ」

【妹ちゃんのためにお金貯《た》めないとだもんな（笑）】

【てか、ちゃんとプレゼントとか買ってあげてるんか!?】

【賞金出さんでいいから妹ちゃんを大学に行かせてやってくれな】

【兄妹愛ってええなあ……】

「……う、うるせ。そんなんじゃねえって」

なぜこうもバレてしまうのか、本当に不思議で仕方がない鬼ちゃんであり、すぐに弱点の話題を変えようと企てる。

「えっと……。なんだっけ。あ、ああ。それで今のうちに言っておくけど、今回のルールはなんでもありで。ちなみに俺の配信見て場所調べてもいいからなー。こんなハンデをあげたところで俺にゃあ勝てんだろ」

【煽んのはその辺にしとけw】

【場所バレはさすがに負けるって】

【コイツの周りはずっと激戦区になりそうやなww】

【即死しそうですこと（笑）】

普段のように立ち回れば、予想通りのコメントが並ぶ。

場所バレというのは本当の本当に致命的なもの。類まれなる実力を持ったプロゲーマーですら、マップをしっかり隠すほどなのだから。

当然、『場所バレは本当にヤバい』というのは鬼ちゃん自身思っていること。

それでもこう言わざるを得ない事情があるのだ。

「いやまあ、『プレイ中に配信見るな』って言ったところでどうせ言うこと聞かねえヤツは聞かねえだろ。ほら、コイツらのＩＤ見てみろ。終わってるだろ」

マウスカーソルで囲うように動かしながら示す。

『Kill the Oni』

『Onichan f0ck』

『AHO ONI AHO』

そこに表示されているのは紛《まご》うことなき純粋なアンチプレイヤーである。

だが、そんなプレイヤーを殺《や》れるのか、それともそんなプレイヤーに殺《や》られるのか。

このヒリヒリを対戦前から作れたおかげで、コメントの勢いが増していく。

そんな大きな盛り上がりを見せるコメント欄を見ながら、カスタムルームの満員まで残り7名となった時である。

「……ん？　マジか」

声に動揺が。二度見をしてプレイヤーIDを確認する鬼ちゃんがいた。

この時、まさかの人物が入室してきたのだ。

同じ最上位ランク帯で戦っている……見覚えしかない名前。

【プロゲーマーくるんかwww】

【これオモロいことになってきたぞ！】

【Ayayaちゃん!?】

【鬼ちゃんの配信見てて草】

プロゲーミングチーム、Axcis《アクシズ》 crown《クラウン》所属。

IDにそのチーム名を背負ったチャンネル登録者数40万人超えの女性VTuber——こんなところに気軽に参加するような人物では絶対にない『Ac_Ayaya』が。

「うん。なんか……やべえヤツいるけど、まあ……俺が倒したらみんなTwitto《ツィット》で拡散してくれな」

この宣伝チャンスを逃すわけにはいかない。

視聴者にアピールしてコメントを覗《のぞ》けば、『任せろ！』といった期待の内容はなに一つなかった。

【そのプレッシャーのかけ方卑怯《ひきょう》だろ（笑）】

【普通にぶっ倒されてくれねえかなw】

【Ayaya頑張ってくれ！】

【Ayayaとチームになってる奴《やつ》羨ましい……】

と、彼女の人気が窺《うかが》えるものばかり。

「お、お前ら俺の配信見にきてんだから俺を応援しろよ……。あ？　主役取られたなって？　うるせ。ただただうるせ」

もう慣れた言い合いを始めたタイミングでルームが満員になる。

「よし、それじゃあもう行くぞー」

配信を盛り下げないように、間延びさせるようなことはしない。

すぐにレディのボタンを押し——開始される鬼ちゃん主催のカスタムマッチ。

なんでもありルールの第1戦目。

5チーム、計15人の敵に初動を被《かぶ》せられた結果、20チーム中19位を獲《と》ってしまう鬼ちゃんチームだった。

「……いや、これはちょっと想定と違うというか……」

コメント欄は【www】や【草】【さすがにそれはないわ（笑）】など、即死したことでファンやアンチ共々笑いが起きていた。

それはないわwww
草
ダサくても好きだぞ？

放送事故で配信活動に致命傷を負った鬼ちゃんだったが、なんとか持ち直している現在でもあった。

第一章　有名配信者との出会い

鬼ちゃんが視聴者を巻き込み、ワイワイとした配信を行ったその翌日になる。

「はい綾《あや》っち。どーぞ」

「わー！　リナさんありがとう！」

「いやいや〜。このままだと捨てることになってたから、来てくれてホント助かったよ。遠慮せずに食べちゃっていいかんね」

「うんっ!!」

この日——日曜日。

一等地に立つ全面ガラスウォールになった高層マンションの一室に綾は招待されていた。

そして、その相手こそプロゲーミングチーム、【Axcis crown】のチームメイト兼、チャンネル登録者数が70万人直近の『オタクに優しいギャル』こと桃園リナである。

そんな彼女からお呼ばれした理由は、今ちょうど出された焼き菓子が理由。

「本当、リナさんばりお菓子もらっとるんやねえ……」

「配信でちょっと触れただけでコレでさぁ。賞味期限も短いのに、あたしの視聴者ってばマジで容赦ないの」

艶《あで》やかな金髪を人差し指でくるくるしながら苦笑いを浮かべるリナは、ソファーに座って胡座《あぐら》をかく。

どこか呆《あき》れた表情を浮かべているが、照れ隠しの仕草にはしっかりとした感謝が表れている。

「ちなみに今穿《は》いてるこのモコモコショーパンもプレゼントされたやつなんだけど……綾っち欲しい？　ラッキーセブンだか知らないけど、7枚も届いたから全然使い切れなくてさ」

「い、いやっ！　うちは大丈夫っ！　そげん丈の短いのは穿けんもん!!」

「え？　あたしとサイズ合わないっけ？」

「えっと……。これはなかなか言いづらいことやっちゃけど、うちはリナさんみたいに太ももがシュッとしとらんから……」

スカートを少し捲《まく》り上げ、黒のストッキングに包まれた太ももを軽く見せる綾。

同性であり、気心の知れた相手であるからこそ、こうしたことをしても恥ずかしさは感じないもの。

「ほら、うち太いやろ……？　ストッキングしてこれよ？」

「それで太いとか言ってたら絶対反感買うって。てか、男からすればそのくらいがベストサイズだって言うよ？　その柔らかそうなくらいが」

「そ、そうやと……？」

「そうそう。聞いたことあるから間違いないって」

「じゃあよりいっぱい食べる！」

「にひ、そうしてそうして」

割り切ったように笑う綾と同様に、白い歯を見せて目を細めるリナ。

本心と事実を交えているからこそ、すぐに納得させることができているのだ。

また、配信者の中には安全上の理由でファンからの飲食物を受け取らない人物もいるが
――手作り厳禁、生モノ厳禁、開封厳禁などのルールを定めている所属事務所でもあり、スタッフによる検閲《けんえつ》もされているため、貰《もら》いものは安心・安全が保証されているわけである。

そんな焼き菓子を頬張るように食べる綾は、美味《おい》しそうに口をもぐもぐさせて飲み込んだ後、話しかけるのだ。

「ねっ、リナさん」

「ほい？」

「来週ABEXのスクリム大会があると思うっちゃけど……調子どうです？」

「おっ！　実はその言葉を待ってたっつってね」

スクリムとは業界用語で、本番を想定してプロのみが招集されて行われる練習試合のこと。

冗談交じりにニヤリと笑うリナは、言葉を続けた。

「最近はもうビーストモードっていうか超覚醒しててさ、毎回10キルくらいし続けてる的

な」

「えっ、それぱり仕上がっとる……!!」

「でしょ？　綾っちも綾っちで調子良さそうじゃん。今朝の配信見ててさ」

「本当!?」

「そりゃもう」

最近は一緒にプレイする機会も減っていたが、そんな中でも簡単に情報を仕入れることができる術《すべ》がこれ。

配信を覗きにいくというもの。

「ちょうど料理作るところだったから、1時間くらいながらで見てたかな。終盤戦の見どころ凄《すご》かったじゃん」

「2戦目やろう!?　あともうちょっとでチャンピオンだったところ!!」

「それそれ！　あれは味方を先に削られたのが痛かったね。人数不利で押し負けたって印象だったし」

「んー。それでもあと少しうちがダメージを入れられてたら……。あー、思い出したら悔しくなってきた！」

「にひひ、その様子ならあたし達《ら》の火力担当は安心だ」

味方のミスを責めるよりも自分の反省をしているところ。

なによりも負けず嫌いなところ。

これはゲームが上手《うま》くなるために必要なことだろう。

「あとはご多忙なオーナーだけど、まあ千夜《ちよ》さんのことだから心配はないか。大会までには絶対仕上げてるし」

「やねっ。3人でするスケジュールも決まってるけんね！」

これが複数のスポンサーが付いている Axcis crown の ABEX チーム。

火力担当、18歳の綾。

カバー兼サポート担当、22歳のリナ。

リーダーとなる司令塔、プロゲーミングチームオーナー。24歳の千夜。

全員が女性で構成された珍しいチームだが、相性補完がよく、今年一番勢いのあるチームと噂《うわさ》されているほど。

「いちお、今週チーム練習だから忘れないようにね、綾っち」

「もちろん！」

スクリムに向けてのチーム練習だが、大会を想定して行われるもので、参加メンバーが猛者ばかり。

手を抜くことはなく、入念な準備を整えて全力で上位を取りにいく。

それがチームを応援してくれる視聴者への恩返しになるというもの。

「総合トップ3には入りたいところだけど、Zest《ゼスト》 Division《ディヴィジョン》 やらなんやら重鎮多いし、厳しい戦いになりそうだねえ」

「で、でも積極的に戦闘《ファイト》しにいこ！」

「まあ結果そうなるだろうね」

作戦や立ち回りはメンバー全員で相談して決まることだが、爪痕を残すことが大好きな司令塔の千夜でもある。

『あら、素敵な作戦じゃないの。今回も』なんて結論に至ることだろう。

「じゃあ後悔のないように調整してこー」

「おー！」

お互いに〝楽しみ〟を隠しきれない表情でグータッチを交わす二人。

だが、この和《なご》やかな空気はすぐに変わることになる。

「それで話は変わるんだけどさー、煽《あお》りの鬼ちゃんと最近どんな感じなわけ？　近況聞けてないんだけどイイ感じ？」

「っ！」

「なにも進展ないとは言わせないかんねぇ？　昨日だって鬼ちゃんの配信にお邪魔してたって情報流れてきたし」

「っっ!!」

リナの問いかけがキッカケとなって。

そして全てに息を呑《の》む綾は、視線を彷徨《さまよ》わせて、焼き菓子を持つ手を震えさせている。

見事なまでの動揺である。

「そんなわけで気になってさー。先っちょくらいセンパイに教えてくれても……いいんじゃない？」

獲物を捕まえたように舌舐《したな》めずりをして、ニヤニヤするリナからはもう逃れようがない。

「あ、えっと本当になにもなかとよ!?　昨日お邪魔したのも本当に偶然で!!」

「偶然ねえ」

「そ、そうばい」

「でもさ、鬼ちゃんの顔を知ってるってことはリアルで会ってるわけでしょ？　さすがに前よりも関係深まってるんじゃないの？」

「も……黙秘します」

そう言い切れば、両手を使って口を押さえる綾である。

この行動で答えを言ってしまっているようなものだが、それくらいに固い意志があるということ。

「そっかそっか。綾っちがそうなるくらいにいい人ってことね」

「う、うん。……今だから言えることやっちゃけど、鬼ちゃんには方言でからかわれた時に助けられたこともあって……。本当によか人よ」

目を細めながら、思い出し笑いをするように伝える綾に一言。

「惚《ほ》れるのも当然と」

「……」

「にひひ、センパイに向かって無視とは肝据わってんねえ」

「………」

口を結んだまま、ジト目を作って一生懸命抵抗している綾とは違い、なんとも楽しそうに白い歯を覗《のぞ》かせているリナである。

「まあそれはそれとしてさ」

と、この場の空気と話の二つを変えるように、手をパンと叩《たた》くリナ。

「そんな人ならなおさらもったいないじゃんね。ホントに」

「も、もったいない？」

「元も子もないこと言うけど、鬼ちゃんの配信スタイルが普通だったらいろんなイベントから招待避けられることはなかっただろうし、それこそプロチームに所属することだってできたと思うし」

「あっ、リナさんもそう思っとるんやね」

「そりゃそうだって。鬼ちゃんってチームを組んでるわけでもなければ、ゴースティングと戦いながら、ソロで最上位ランクになってるわけで」

「うち目線、火力はプロの中でも5本の指に入っとうね」

「それは間違ってないんじゃない？　戦闘《ファイト》になれば、一人と半分はマストで削ってるくらいだし」

お互いが最上位帯で戦っているプレイヤーだからこそ、意見の大半は合うもの。

ちなみにゴースティングとは配信しているプレイヤーと意図的に同じマッチに参加し、配信を見ながら自分に有利なゲーム展開を作る不正行為のこと。

当然、居場所がバレるため、配信者《ストリーマー》が不利な戦いを繰り広げることになるが、その状況すらも打開して配信しているのが鬼ちゃんなのだ。

『煽り』というのは、それ相応の実力がなければ成立しないもの。

それを一つのエンタメとして成立させている鬼ちゃんは、プロゲーマーも一目置くほどの実力を持っているわけである。

「――まあプロになってとは言わないから、個人的に配信者限定のカジュアル大会とか参加してほしいんだよねえ。鬼ちゃんは魅せる力もあるし、大会の参加条件のチャンネル登録者数は余裕で超えてるし、配信者なら煽られても面白く返せるだろうし。鬼ちゃんに適した環境だと思うし」

「そ、それは確かに！」

「大会が盛り上がれば盛り上がるだけこの業界も盛り上がるから、なおさらだよねー」

腕を真上に伸ばしながら、大きな伸びをして自身の思いを伝えるリナ。

プロの立場に立っている分、業界のことを考えた話もする。

「綾《あや》っちの言う通りイイ性格してるだろうから、ラインを守って鬼ちゃんもプレイしてくれるだろうし、みんなにもキャラ作りはバレてるし……。あー、考えれば考えるだけいてほしいピースじゃん」

配信者限定の大会は基本的に仲良しこよし。

もちろんこれでも十分楽しめる大会になるが、毎年開催され、何回も試合を行うだけにマンネリ化はするもの。

そんな状況時、ヘイト役が一人入るだけでも、より刺激的で雰囲気の変わった大会を見せることができるのは確かだろう。

「鬼ちゃんがさ、倒した配信者を煽ってる時にスナイパーで抜かれたりしたらめっちゃ盛り上がりそうじゃない？」

「あはは！　それはそうやねっ」

「……ちょっとダメ元で運営さんに聞いてみよっかね。まだこの時期ならメンバー集めてるとこだし」

リスクを取らないように立ち回る運営なのは百も承知している。

交渉が通る確率は10％あるかないかだろうが、鬼ちゃんはチャンネル登録者数20万人を超えている配信者なのだ。

視聴者を呼べるだけの数字を持っていることもあり、聞いてみる価値は十分にある。

「で、でも……鬼ちゃんとチームを組んでくれる人おるやろか……？」

「それはあたしと綾っちと鬼ちゃんの3人で組めばいいじゃん。オーナーは配信者の大会には参加しないし」

「なるほど！」

綾は鬼ちゃんとは一緒に家路を辿《たど》っているほどの仲である。嫌がる理由もない。

また、火力担当その①と、火力担当その②で、サポート担当が一人。司令塔がいない脳筋チームになってしまうが、それもまたカジュアルな大会ならではだろう。

「──って、待ってリナさん！」

「どしたん？」

「うちがいろいろ教えたから、リナさん鬼ちゃんに興味持っとうやろ!? 絡む機会を作ろうとしとるやろ!!」

「そんなことないって。ただの偶然だって」

「ぜ、絶対嘘《うそ》だっ！」

そんな声が響くリナの部屋。当の家主はなんとも言えない笑顔を浮かべているのであった。

∮

場所は変わらず、リビングの中。

「まったーく。ご飯食べてないなら教えてよ綾っち。すぐ作ってあげるんだからさ〜」

綺麗《きれい》に保たれたオープンキッチンに立ち、トントントントンとリズムよく包丁を扱っているのはリナである。

ソファーの背もたれからちょこんと顔を出している綾に、八重歯を見せながら気持ちのいい笑顔で伝えていた。

「てか、空腹にしてくることなかったのに。できるだけ焼き菓子減らそうとしてくれたのは嬉《うれ》しいけど、甘いものだけでお腹《なか》満たすの厳しいっしょ？」

「え、えっと……リナさんのＳＯＳにできるだけ応えたくて……」

「それは嬉しいこと言ってくれるねえ」

器用に料理の手を動かし続けながら、声を明るくするリナ。

「ただチームメイトでもあるんだから、どんどん甘えてくれちゃっていいよ？　あたしは配信の話題にもできるし」

「ちなみにリナさんがその話題を出す度に、うちのところにメッセージくるっちゃからね？『手作り食べられるなんてズルい！』とか、『そのポジションくれ！』とか！」

「ひひっ、まあその代わりっていうものなんだけど、あたしの話題はいつでも配信に出しちゃっていいからさ」

「ありがとう！」

年が４つ離れた二人。

チームメンバーとしても、年齢でも先輩のリナは、綾のお姉ちゃん的な役割を持っている。

「いつも思っとうっちゃけど、リナさんは本当器用よね。配信もして、自炊もできて。うちはスーパーでお惣菜《そうざい》を買ったり、ユーバーイーツで適当に済ませとうもん」

「実際、綾っちの場合はそれが一番理に適《かな》った生活だと思うよ。大学に通いながら配信してるんだから、自炊する暇なんてないでしょ？」

「そう……やけど」

「まあ手料理を振る舞えるようになりたいって気持ちはわかるけどさ。気になる人ができたら特にさ」

「っ」

この言葉を投げられた瞬間、目を丸くしてソファーから出した顔を引っ込めた綾である。

「あ、そうだそうだ。話は変わるんだけどさ」

「う、うん？」

この前置きで安全な話題になったと思う綾は、またひょっこりと整った顔を出す。

「今さらの話ではあるんだけど、綾っちが初めて鬼ちゃんと絡んだ時、千夜《ちよ》さんからなにかメッセージ飛んでこなかったの？　あたし達《たち》のチームってスポンサーさんついてるから、世間体がシビアなところあるじゃん？」

今もなお、煽り系配信者《ストリーマー》の鬼ちゃんと絡んでいることから、問題に思われていないのは言うまでもないが、これは配信者の大会に鬼ちゃんを参加させたいリナからしてみると、当時のオーナーの意向と、立ち回りを知りたかったこと。

「……実はね、初めて鬼ちゃんとマッチングした後、すぐにオーナーに連絡を入れたとよね。偶然とはいっても、中にはチームを組んでるって勘違いする人もおるやろうけん」

「おお。リスクヘッジできて偉いじゃん。それで？」

「嬉しい返信がきたっちゃん。『どんなことがあっても私が守るから、あなたはこれからも自由に活動なさい』って。『リナさんと同じように期待してるわ』って」

「えっ、それマジで!?」

「うん！」

この時ばかりは料理の手が止まったリナ。

又聞きではあるも、お世話になっているオーナーから褒められるというのは嬉しいことなのだ。

そして、メンバーを守りながら伸び伸び活動させようとするオーナーの一貫した姿勢に触れられるだけで、このチームに所属してよかったと感じられること。

「やけんうち、放送事故をする前の鬼ちゃんにメールを返してたり、相互フォローの関係になったっちゃん。試合《マッチ》が終わってから、ばり丁寧なメッセージで挨拶されたけん、『キャラを作ってたんだ！』って気づいて」

「なるほどねえ」

ニヤリと口角を上げれば、再び手を動かし始めるリナである。

綾は綾らしい対応をしていること。オーナーの千夜は千夜らしい対応をしていると思って。

お互いがお互いを信頼しているからこそのやり方だろう。

また、千夜が鬼ちゃんとの接触NGを出さなかったおかげで、今猛烈にチャンネル登録者数を伸ばしている彼と関係を継続できているわけである。

これはチームの名前を広めるという点においても、大きなプラスとして働くことだろう。

現状、追随を許さないほどの勢いを叩き出している鬼ちゃんと深い関わりを持っているのは、Axcis crown所属の綾だけなのだから。

「千夜さんがそのスタンスなら、ガチの運営判断になる……か。運営としては鬼ちゃんがどのくらいのラインを攻めるか気になるとこだろうから、そこさえわかればホントいけるかも」

「リナさん本気で鬼ちゃんを大会に参加させようとしとる……」

「当たり前じゃん。って、鬼ちゃんからしたら初めての大会になるだろうから、視聴者とか同業に可愛《かわい》がられるんじゃない？　慣れてないとこ丸出しだろうし」

「……」

この問いかけで、頭上にもくもくの吹き出しを浮かばせる綾。

鬼ちゃんの実物＝春斗《はると》を知っているだけに、簡単に想像がつく。

声が上擦っているところや、ソワソワとマウスカーソルが動きっぱなしな様子、そして、緊張から飲み物をたくさん飲み、トイレに駆け込むような姿まで。

「ふふっ、それはそれで困るなぁ……」

「困る？」

『可愛がられる』ことに同意した上でのこの言葉。

「だって、鬼ちゃんがもっと人気になったら、うちとコラボする予定が全然取れんくなるかもやもん……」

「ああ、それなら大丈夫大丈夫！」

「え？」

頓狂な声を上げてぽかんと口を開ける綾に、リナはいつも通りのテンションで言う。

「あたしが代わりにコラボしとくから」

「なんっっでっ!!」

「にひひっ」

当然、渾身《こんしん》のツッコミを炸裂《さくれつ》させる綾だった。

それからリナお手製の料理を食べ終え、二人で2時間ほどの雑談に花を咲かせた後のこと。

「リナさん、今日はありがとう！　送ってくれて本当にありがとうっ！」

「いやいや～。またいつでも送ってあげるから、遠慮なく家《ウチ》においでねん。ご飯食べにくるだけでもめっちゃ歓迎だからさ」

「うんっ！　引き続き頼りにさせてもらいます！」

「ほいさ」

このやり取りをするのは、綾《あや》が一人暮らしをしているマンションのエントランス前である。

「綾っちはこれから配信《アレ》するんだっけ？」

「うん！　ばり配信《アレ》する!!」

「ヤケに気合い入ってんねえ」

『配信』の言葉を濁すのは、第一に身バレを防ぐため。

身バレした時のリスクは事務所から口を酸っぱくして説明されていること。

「それはそうよ！　リナさんの手料理を食べた分は、ちゃんと頑張らんとやけん！」

「そっかそっか。ならここでエネルギーを消費しないようにってことで――」

「――えっ、そげん気遣わんでよかよ!?」

「にひひ、気ぃ遣った代わりにプレイ中戦犯こいたら許さんぞ～。ってってね」

ニヤリと目を細くしながらウインクを１回。素直に認めつつ、上手に受け流すのはリナの得意技である。

「それじゃね、綾っち。お仕事頑張ってね」

『できるだけ早く配信をさせてあげたい』というのは本心からある想《おも》い。

返事を待たずに『バイバイ』と手を振る。

「――あっ、バイバイ！　リナさんも気をつけて帰ってね！」

「うぃ！　さんきゅ！」

最後にかけられた綾の言葉にしっかり反応し、手を振り続けながら別れるリナ。

黒マスクを上げ、帽子を深く被《かぶ》り直しながら、家路を辿っていく。

「ふう。相変わらずコレは不便だよねえ……。芸能人さんはもっと不便にしてるんだろうけど」

一人、苦笑いを浮かべながらボソリと。

ABEXをプレイしている者なら、誰もが一度は聞いたことのあるプロゲーマー。

また、ABEXを多くプレイしている者なら誰もが口にするほど、サポートキャラの巧《うま》さで必ず名前が上がるほどのプロゲーマー。

大手プロゲーミングチーム、Axcis crown所属。『Ac_RiNa』

その実力もさることながら、顔出しの配信スタイルを武器に平均視聴者数も常に5桁。

多くのファンを抱えているリナだからこそ、外出時は容姿を隠しながらの生活を送っている。

（……まあ今の生活があるのは顔出ししたからだし、後悔はなにもしてないわけだけど）

高校を卒業し、仕事をしながら配信の世界に足を踏み入れたリナ。

最初は誰も視聴してくれなかったが――少しずつ、ほんの少しずつリスナーを増やしていき、勢いを増すことができたのは、顔を出しながら配信するスタイルに変更したおかげ。

結果、専業に舵《かじ》を切ることができたのだ。

(当時のあたしに今の登録者数聞かせたらめっちゃ驚くだろうねぇ……。にひひ)

当時のことをどこか懐かしく思いながら、歩《あゆ》みを進めていたリナは——ここで、「あ」との声を出して、立ち止まる。

「……」

この時、ふと思い出すのは、今朝のTwitto《ツイット》に流れてきた一つの広告。

今日からカフェで期間限定発売されるという『GOROGORO《ごろごろ》ピーチフラペチーノ』のプロモーション。

フルーツの中で桃が一番の大好物なリナにとって、いいねを押してすぐに詳細を確認した商品。

すぐに『飲んでみたい!』と思った商品でもある。

「うーわ。これやっちったなあ。もっと早く思い出せてたら綾っちと一緒に行けたんだけどねえ……」

器用に片眉を上げながら、帽子をカキカキする。

『ばり配信する!!』と笑顔で言っていた綾なのだ。

本当に素直な性格をしているだけに、急いで自宅に帰って配信の準備を始めていることだろう。

今から誘いの言葉をかけるだけでも、邪魔をしてしまうのは疑いようのないこと。

(まあ……ここで思い出せただけプラスかな。ブックカフェの店だけど近くにちょうどあ

るし、時間的にお店も空《す》いてるだろうし）

あまりカフェを利用しないだけに、一人で行くのはちょっぴり心細く思うリナだが、今はもうピーチフラペチーノの口になっている。

「よし行こ。絶対飲も」

これ以上は考える間もなく、体を半回転させてブックカフェに向かって歩いていく。

（ちょっと高いご褒美になるけど……その分あたしも夜の配信を頑張るってことで）

自分で自分を甘やかしたり、自分一人だけで楽しんだりするよりも、知り合いや友達、視聴者を喜ばせたり、楽しませることが好きなリナは、後者にお金を使うことの方が多い。

そのためにすぐこう思うのだ。

（飲んだ感想は配信でちゃんと伝えよーっと）と。

頭の中には常に意識していること。その意識があるおかげで多くのファンを作れている。

そんなリナが歩き続けること10分前後。

目的の店であるカフェに辿り着く。

時間帯が時間帯なだけあって、予想していた通りオシャレな店内は空いていた。

（よし、めちゃ都合いいね）

改めて帽子を深く被り直すリナは、ピーチフラペチーノが打ち出されたポスターを見ながら入店する。

「いらっしゃいま………せ！」

（ん？）

そして、すぐに聞こえる愛想の良い店員の挨拶。

（なんかめっっっちゃ間があったけど……なんだろ。さすがに身バレはしてないと思うけど）

一瞬嫌な予感がするも、しっかり変装しているのだ。なにか別の原因があったのだと判断する。

リナが今までに身バレしたのは、たったの一度だけだということもあって。

それも、ABEX LEGENDS《レジェンズ》 Pop-up Store という、〝ABEX に関連した〟ショップで買い物をした時だけ。

自身の経験と変装の下、自意識過剰な考えはそうできない。

（それはそうと、オシャレなお店にはイケたスタッフ多いよねえ……。見るからに恋人持ちっていうか）

そんなことを思いながら、ピンと姿勢を正してレジに立っている店員に向かっていく。

「こんにちは！」

「う、うん、こんにちは〜」

（愛想すっごい……。めっちゃニコニコするじゃん。これ綾っちが絶対好きなタイプだろうねえ。って、絶対人気あるスタッフさんだろうけど）

なにかいいことがあったのかというくらいに、キラキラとした笑顔を見せている『春斗』というネームプレートをつけた店員。

常連を増やすという目的で、店長があえてこの店員をレジに立たせているという気しかしないほど。

「店内をご利用ですか？」

「あ、持ち帰りで～」

「承知しました！　それではご注文が決まりましたらどうぞ」

「えっとー、GOROGORO《ごろごろ》ピーチフラペチーノのレギュラーサイズで」

「ピーチフラペチーノのレギュラーサイズですね！　カスタムはどうされますか？」

「あー、カスタムねえ……。そこら辺のことあまり詳しくなくって。今日発売だからなおさら困らせちゃうと思うんだけど、なにかお兄さんのオススメってあります？」

（どうせ買うなら、一番美味《おい》しく飲みたいしね。７００円もするし）

贅沢《ぜいたく》をする分、少しも無駄にはしたくない。

配信業で大きな収入を得ているリナだが、こうした気持ちは昔から変わっていないこと。

「そうですね、ピーチフラペチーノにはシロップが入っていないので、甘い方がお好みでしたらホワイトモカシロップの追加がオススメです！　追加料金がかかりますが、実際にこちらが一番ご注文の多いカスタムとなってます！」

「へえ～。このシトラス果肉ってのカスタムしたお客さんいます？」

「本日２名いらっしゃいますね。オレンジやゆずの果皮を使っておりますので、味の変化も楽しめますよ」

「ほ〜」

（めちゃくちゃ丁寧な説明してくれるじゃん……。これ初めてここの店利用する客からしたら、絶対ここ通おうってなるやつじゃん）

嫌な顔を見せることなく、わからないことを快く教えてくれる。

初対面の相手だが、好感をすごく覚える。

（あたしの配信ももっとコレを意識していかないとだねえ……）

顔出しの配信をしているからこそ、こうした接客からくる定着率やリピート率に通ずるものがあるのだ。

リナの目標はチャンネル登録者数100万人。

その大きな目標を叶《かな》えるためには、必要な要素になるだろう。

「これ言うのは失礼なんだけど……今日発売の商品なのにお兄さんかなり詳しいんだね？」

「あっ、ありがとうございます！　実はその……本日4杯ほど飲んで味を確かめましたので」

「んえっ、4杯も!?　それお腹《なか》大丈夫？」

「ぼ、ぼちぼちです」

「ぷっ、それ絶対苦しいやつじゃん」

めちゃくちゃ愛想の良かった表情から、一瞬だけそれはもう苦しい顔を見せた春斗《はると》という店員。

予想外の報告と変化に、マスクを押さえながら思わず笑ってしまう。

（こんなに一生懸命なスタッフは初めて見たかも）

今日４杯も飲んでいるのは、『好物だから』という理由ではなく、自身の舌で味わうことで、カスタムの質問にしっかり答えられるようにするためだろう。

（じゃあニッコニコしてたのは、あたしがポスター見てたの見て、フラペチーノの注文する可能性があったからとか、かね？）

お腹が苦しくなるという代償を負ってまで、質問に答えられるようにしていたのだ。

『報われる機会が訪れるかも！』と思うのは普通だろう。そう思うだけで嬉《うれ》しくもなるだろう。

（ふふっ。それなら挨拶に間があったのは、注文されるかどうかドキドキしてたっぽいね）

そう思うと、イケてる店員が可愛《かわい》く思えてくる。周囲から可愛がられていることまで想像ができる。

「じゃあ今回はホワイトモカシロップを追加しよっかな。次来る時はシトラス果肉をカスタムするよ」

「是非ともお待ちしております。それではお会計がカスタムを含め７５５円になります」

「カードで」

「ありがとうございます。それではこちらにお差し込みください」

「ん、どうも」

差し込み口を丁寧に案内されれば、軽く頭を下げて差し込む。

（もろもろ教えてもらったお礼になにか奢《おご》りたかったけど――）

お腹が苦しいなら、奢られるという行動がありがた迷惑に繋《つな》がってしまうだろう。こればかりは仕方がない。

タイミングが悪かった……。と、少し残念な気持ちで会計を終わらせ、受け取り口に移動して待機すること少し。

「お待たせしました。こちらピーチフラペチーノです」

「お！　めっちゃ美味しそーじゃん！　ありがと～」

先ほどの店員からフラペチーノを受け取る。

「それじゃあバイバイお兄さん。お仕事頑張ってねん」

「はい！　ありがとうございましたっ！　またのご来店をお待ちしております！」

最後まで丁寧な店員に手を振って店を後にすれば、スマホを使って気になったことをすぐ確認する。

（やっぱり口コミも高くなるよねえ……）

先ほどの店を調べてみれば、レビュー数は１２３件。５段階評価中、平均が驚異の４・

5。

コメントを調べてみれば、案の定——先ほどの店員さんを指しているような高評価が多数ある。

『また通おうと思います！』

『リピートします！』

といった定着へのコメントもある。

やはり、接客と配信というのは似たようなもの。

「ふむ。あの要領で配信すればバチバチに伸びそー。あの人」

心の声を無意識に漏らしながら、ストローに口をつけた瞬間だった。

「……ほ？」

容器になにか描かれていることに気づく。

クルクルとカップを回転させて読める位置に動かせば——。

『素敵な1日をお過ごしください！　いつも応援してます！』

そんな文字と、ゆるいイラストが描かれていた。

「ん、ん……!?　『応援』ってあたし……バレてた？　マジで!?　あ、美味《ウマ》ッ！」

衝撃の事実とフラペチーノの美味しさで頭の中で渋滞が発生する。

（って、このイラストは……可愛いエイリアン？　クラゲ？）

その個性的で要領が摑《つか》めないイラストで、さらに頭が渋滞を起こす。

「……」

頭を整理する間、フラペチーノを味わいながらまばたきを繰り返す。

（……あたしのこと知ってるってことは、あの人もABEXをしてるってことよね。ランクいくつくらいなんだろ……。ああいう人と一緒にプレイしたくなるけどねえ……）

是非ともTwitto《ツィット》にメッセージを飛ばしてほしいところだが、こちらのプライベートを尊重してメッセージに気持ちを書き留める人が、そのような主張をしてくることはないだろう。

これればかりはまたあの店に通わなければ進展がないことだ。

（……ひひ、まあいっか。配信ネタ〝クラゲ〟ットっと……ってことで）

あと腐れなく気持ちを切り替える。

気持ちのいい接客だけでなく、こちらのプライベートを考えて対応してくれたことは本当に嬉しいことで、ご機嫌な気持ちで帰路につくリナだった。

『いい店員さん見っけたこと綾《あや》っちにも教えてあげよー！』と、そんな気持ちも抱きながら。

それから時間も経《た》ち、月明かりが街を照らす20時過ぎのこと。

「さてとさてと〜」

Axcis crown のグッズやスポンサー商品が並ぶオシャレで清潔な防音室で、音符がついたような声を上げるリナは、予約枠を設定したことをTwitto《ツイット》で報告し、配信の準備をテキパキとこなしていた。

まずは簡単な部屋の清掃。次に薄化粧をして。

リナはこの業界には珍しい顔出し配信でチャンネル登録者を伸ばした一人。

部屋の中を背景にして容姿を常に映すからこそ、これは特に気にかけている部分。

そして――。

「ああ、ちょっとちょっと……」

配信で使うカメラをテスト起動。画角の確認を行ってすぐ、スポンサー商品が正面を向くように急いで調整する。

「よしっと。これでＯＫかな」

身の回りの準備を終わらせれば、ゲーミングチェアに座って引き出しを開けて取り出す。

「んー。今日はこれとこれもマストにしてと」

それは、メモ用紙と5色ボールペンの二つ。

メモ用紙に書かれているのは配信で話す話題の一覧であり、見つけた話題をさらに書き込んでいき、今日絶対に話すことに追加で丸をつけていく。

リナが配信で一番大事にしていること、そのモットーはできるだけ多くの話題を視聴者に届けること。

退屈な時間を与えないように、無言の時間をできるだけ作らないこと。

これは配信を始めた日からずっと意識し続けていたからこそ——驚いたことがある。

(まさかあたしと同じことをやってる人がいたなんてねえ……)

伝説の放送事故を起こしたABEX界隈《かいわい》の問題児、〝鬼ちゃん〟も台本を作って同じようなことをしていたことを。

鬼ちゃんの配信スタイルと自分の配信スタイルは全然違うが、同じ意識を持っているというのは当然リスペクトを感じること。

そんな同業者を考えれば、思うことがどんどんと湧いてくる。

(てか、コレができる人がわざわざ煽《あお》りを武器《ウリ》にする必要はなかったと思うんだけどね……)

『視聴者を楽しませる努力を続けていれば、いつかは必ず報われる』

これを『綺麗事《きれいごと》だ』と言われたらなにも反論はできないが、リナは今も信じていること。

「……綾っちがあそこまで絡んでいくってことは、ホントあのスタイルが似合わないイイ人なんだろうしね」

メモ用紙を壁に貼り付けながら、無意識に笑みを。

このように言えるのは、今までにリナが見てきた綾の行動から。

特に如実なのが、配信者の集まりや、プロゲーミングチームの交流会に参加した時。

コラボ配信で見せるフレンドリーな姿とは打って変わり、リナを含めた同性の知人にくっつきっぱなしの綾なのだ。

タイミングの関係で異性と一対一になる機会があっても、長居することなく鬼ごっこをするような逃げ足を見せ、すぐに知人のくっつき虫に戻る。

人気のある同業の異性から遊びに誘われても、絶対に首を横に振るほど。

顔を合わせて話すからこそ、女子校通いの影響がモロに出てしまっていて、警戒心が強すぎる綾だが、鬼ちゃんにだけはグイグイいけているのだ。

このことから、『煽り』とのギャップがとんでもないくらい、似合わない人物であるのは明らか。

「ふふ、まあ鬼ちゃんのやり方にはめちゃくちゃ共感なんだけどさ」

配信者に大事なのは、自分の武器を持つこと。キャラ立ちをしっかりさせること。

数ある中から注目を集めるために。相手の記憶に残るように。

この二つを考えた鬼ちゃんは、唯一の煽り系を取ったのだろう。

そして——リナもまたインパクトのある武器をしっかり考えて、意図的にキャラを作った一人なのだから。

派手な見た目に因《ちな》んで、恋愛経験もオトナの経験も豊富。この手の相談もなんのその。

そんな偽りの人物像を。

「……っと、そろそろお仕事やりまくりますか」

時計を見れば、予約時間の5分前。

本来ならば残り時間を待つところだが、リナは自身のキャラを立たせるように配信をスタートさせるのだ。

「コホン。ほーい。みんなお待たせー」

すぐに声と顔を載せれば――。

『きたあああああああ！』

『やったああああああ！』

『ナイス早め配信！』

『やっぱり早く始めたかw』

『今日も可愛い！』

視聴者のコメントが大量に流れ、そのコメントを見ながら続けて声を載せる。

「いやあ、なんか予約時間まで待ちきれなくってさ～。あ、そうだそうだ。早くから待機してくれたみんなには特別にこれ見せたげる」

予約時間ぴったりから始まる本配信までは、いつもこうしたプライベートな時間を作っている。

ゲーミングチェアから立ち上がって全身をカメラに映すリナは、この配信のために着たミニボトムのファッションを見せるのだ。

「あたしが脚出すの久しぶりっしょ？　てか、このファッションマジ可愛くない？　勝負服ってくらいに自信あるんだよね」

両手を軽く広げながら視聴者に届ければ、早速反応がある。

『あ、脚！』

『脚綺麗すぎ』

『太もも……いい』

『えっち』

『感激！』

と、ファッションには触れず、体の部位にしか触れないコメントが大量に。

このようになるのは今までの経験から確信していたことで——実際には狙っていた流れである。

「はあ。そーんなやらしいコメすぐ打つから、みんな卒業できないんだって」

軽くあしらいながらゲーミングチェアに座り直せば、『リナちゃんで卒業させてくれ！』なんて熱いコメントが届く。

「ん？　あたしで卒業したいって？　まあ気が向いたらソレはソレでアリかもね。下手っぴは下手っぴで可愛《かわい》いもんだし」

ニヤリとしながら答えれば、『おおおおおおおお！』とコメントが大きく沸き上がる。

「まあ相手するほど時間ないわけだけど」

と、今日も狙い通り序盤からしっかりとキャラ立ちを成功させるリナは、本配信まで計画通りの時間を過ごすのだ。

そうして、配信を始めて2時間後の休憩中。

「……あ、そうそう。そういえばみんなはカフェの新作フラペチーノ飲んだ？　ピーチのやつ。あたし早速飲んだんだけど、マジ美味《おい》しかったよ。ちなみにメッセージ描いてもらってさ。それがこれなんだけど……見てみこれ。いいっしょ？」

　この話題を出すリナは、飲み終わったカップを配信に映すのだ。

『wwww』

『なんだそのイラストwww』

『めちゃくちゃ個性的で草』

『それ描く店員さん可愛い（笑）』

『っていうかリナさん普通に身バレしてるwww』

　その瞬間、ツッコミが飛ぶそのコメント欄。

「いやいや待ってみんな。可愛いじゃんこれ。そんなに笑うことないでしょ」

　視聴者とワイワイ戯れる今。

　配信を偶然見ていたチームメイトの一人が、個性的なイラストを見て愕然《がくぜん》と目を見開いていたとは知る由もないリナだった——。

第二章　偶然の交流

リナの配信があったその翌日。休日の朝である。

「ねえゆー！　ちょっと絵しりとりしない!?　紙と鉛筆用意したからさ」

「え……。なにいきなり。本当いきなりだし……」

バタバタと階段を下りる音。

廊下とリビングを繋《つな》ぐドアの開閉音。

テレビの音声が流れる団欒《リビング》の場には、早速兄妹の声が飛んでいた。

「まあまあ、ちょっとした暇つぶしにね？」

「私ゆっくりしてたんだけど……。ゆっくりしたいんだけど」

「きゅ、休日だからさ!?　1回とか2回終わったらもう部屋戻るから！」

「……それ絶対1回で終わらせてくれないやつじゃん。ただでさえ勝負つかないのに、しりとりって」

「面白かったら2回目しようってことで！　ね？」

「……はあ。わかったよ。やらないと気が済まなそうだし」

「ありがとう！　よーし」

ただの暇つぶしとは言えないような春斗《はると》の必死な姿を見て、こう答えざるを得なかった柚乃《ゆの》。

ソファーから立ち上がり、ジト目のまま食卓につけば、ご機嫌そうな春斗が正面に腰を下ろす。

「言っておくけど、私が飽きるまでだからね」

「もちろん。じゃあ俺からでいい？」

「どーぞ」

「じゃあ手始めに――」

気乗りしている春斗と、全く気乗りしない柚乃のテンションは雲泥の差。

それでも不機嫌さを見せている妹ではない。

頬杖《ほおづえ》をつきながら、紙に鉛筆を走らせる兄をジッと見つめて完成を待っていた。

「――これでどう？」

「ふーん。りんご上手《うま》いじゃん。これだけだったら美術の評定4・0は取れそう」

「でしょ？　これは得意なんだよね。バイト先でも描いたりしてるから」

みんなが上手に描けるような『りんご』だが、そこに触れずに褒めるのは一つの優しさだろう。

紙と鉛筆を回された柚乃は『ご』に続くものを次に描いていく。

この時、柔らかい表情を作った春斗から見つめ返されていたことには気づかずに。

「って、今さらだけど珍しくない？　私今日学校じゃないのに、お兄ちゃんが早起きするって」

「ま、まあそんな日もあるよ。うん」

「……まあそうだけど。はい次どうぞ」

ここで顔を上げながら紙と鉛筆を回す。

「あ、やっぱり上手い……。ゴリラ上手いな……」

「リアルには描けないけどね」

「いやあ、この可愛く描けるのがいいんだよ。だから本当ゆーは上手」

柚乃に絵心があるのは知っている。

改めて感心しながら春斗は、『ら』に続くものを描き始める。

「ね、お兄ちゃん」

「ん？」

「それでなにがあったのさ」

「……え？」

「いきなり『絵しりとりしない!?』とか必死に誘ってくる人になにもないわけないじゃん。そうするに至ったキッカケがあるでしょ？　こうして付き合ってあげてるんだから、教えてもらう権利はあると思うけど」

「あ、あはは……」

これには返す言葉もない。

『全部見通されてるなあ』というような苦笑いを浮かべる春斗は、鉛筆を動かすスピードを少し落としながら、簡単に説明をするのだ。

「い、一応言っておくけど、なにか嫌なことがあったわけじゃないからね。ただもっと上手に描いてやるー！って、燃える気持ちがあって」

「へえ……」

「ゆーはさ、これを見てどう思う？」

書き終わった『ら』に続くものを早速見せる。

「特徴は捉えてるぶさ可愛いラクダ」

「う、うん……。じゃあもしこれを配信で載せたとしたらどうなると思う？」

「ツッコまれたり、笑われたりしそう」

「そう!!　だから上手くなりたいなって！」

ABEXを最前線で盛り上げている有名人に出会えた高揚が収まらず、バイト終わりにリナのアーカイブを1時間ほど覗《のぞ》きにいった春斗なのだ。

その時に見たのが、新作フラペチーノの感想を述べてくれたこと。そして、カップのイラストを見た視聴者が——。

『wwww』

『なんだそのイラストwww』

『めちゃくちゃ個性的で草』

このようなツッコミをたくさん入れていたこと。

配信業をしている身、あのカップに描いたイラストで盛り上がっていたのはなんとも嬉《うれ》しいこと。

笑われても傷つくことはなにもないが、あの反応に触れると『おおっ！　こんな上手にも描けるんだ!?』と、驚かれるようなものも描きたくなる。

リナが常連になってくれる可能性は低いだろうが、次も来ると言ってくれたのだ。

もし次も配信に載せる場合、『クオリティーが上がっていた方が配信に載せやすいんじゃないか』という気持ちも抱いた春斗である。

「じゃあお兄ちゃんは絵を描く時間を増やしつつ、私が描いたものを勉強するために絵しりとりしてるわけね」

「もちろんゆーと一緒に遊びたかったたって気持ちもあるよ」

「……そんなことは言わなくていいって」

春斗がご機嫌そうにしていた時点で、柚乃にはそれはわかっていること。

「まあお兄ちゃんの理由はわかったけど、別に上手になろうとしなくていいんじゃないの？　絵しりとりをやめたいからこう言うわけじゃないけどさ」

「と、いうと？」

「こういうのって上手くなればなるだけ個性が消えちゃうじゃん。ありきたりな絵になったら面白くないよ」

「それは……確かに」

誰にでも描けるような王道的イラストよりも、個性がある方が目を惹《ひ》くもの。

喜んでもらえたり、元気にしたりできるもの。

それが柚乃の意見。

「お兄ちゃんのイラストを見たお客さんからクレームが入ったり、不快に思ったりするなら話は別だけど、そうじゃないでしょ？　なら今の感じでレパートリーを増やすのが一番いいと思うけどね、私は」

「ほ、本当にそう思う……？」

「そう思うから言ってる。だから難しいことは考えずに、ただ楽しむ感じで絵を描く時間を増やすのが一番いいよ」

「そっか。ゆーが言うならそうすることにするよ」

一度はクエスチョンマークを投げるも、すぐに盲信的になるのは、それだけ柚乃の言うことを信じているから。

「そもそもの話、そっちの方が私が怒らずに済むし。どこかの誰かさんはゲーム以外不器用だから」

「え……」

春斗が頓狂な声を上げた瞬間のこと。ダンゴムシのイラストを描き終え、眉を寄せながら紙を渡す柚乃。

「あのさ、お兄ちゃん。今日まだ寝てないでしょ。夜中ずっとイラストの勉強してたんじゃないの」

「ッ、そそそんなことないよ」

「目元にクマできてるのによく言うよ」

「えっ、嘘《うそ》!? 顔洗った時はそんなのなかっ――」

「――うん。今のはただの冗談だから。だけどその焦りようからしてもう誤魔化しは利かないからね」

「……」

「……」

言葉に言葉を被《かぶ》せ、言い切れば、お互いが無言で見つめ合う時間が続く。

「家族に鎌をかけるのは良くないと思う」

「家族に嘘をつく方が良くないよね」

「………」

なんとか反撃を繰り出した春斗だが、ここは柚乃の土俵。

完全に言い負かされる兄である。

「はあ。まあ飽きるまでは絵しりとりに付き合ってあげるから、それ終わったらちゃんと寝てよね。夜は配信するんでしょ?」

「そ、そのつもりで考えてるんだけど……睡魔のピークが過ぎたらもう眠くないっていう現象あるでしょ？」

「じゃあもう『ん』で終わらせるけど。絵しりとり」

「わ、わかった！　意地でも寝るから！」

「約束ね。どこかの時間で物音立ててないか確認にいくから」

「了解……」

この時間をまだ続けたい春斗にとって、取るべきものはこっち。

そして、完全に手のひらで春斗を転がしている柚乃だが——今取るべきベストは今すぐに絵しりとりを終わらせて、春斗を自室に押しやることだろう。

それをしないということは……そういうことである。

「あ、お兄ちゃん。寝る前にキッチンの上の棚にあるお菓子入れ持ってってよ」

「お、お菓子入れ？」

「昨日お仕事帰りに買ってきてくれたフラペチーノのカップを洗ってお菓子入れにしてみたんだけど、まさかこんな使い道になるとは思ってなかったよ」

「あっ……。はは」

柚乃が指差す方向に目を向ければ、春斗の視界にはしっかり映った。

『体調に気をつけてね！』

『ちゃんと休むように！』

今、ブーメランとして突き刺さる……柚乃に向けてペンを走らせたメッセージ入りのカップが。

　これにはもう苦笑いを浮かべるしかない春斗《はると》だった。

∮

　春斗と柚乃が絵しりとりを続け、2枚目の紙に入ったその頃。

「リナさん！　朝起きてビックリしたっちゃけど！」

「ひひ、驚いてくれたようだねえ」

「さすがに驚くよお！」

　綾《あや》の返信を受け取ったリナが通話を投げかけ、親しく会話する二人がいた。

「カフェのギフト券こんなにもらってよかと⁉　5000円分も！」

「もちもち。配信で触れたこともあって、お世話になってる人に飲んでほしいなって思ってね。だから遠慮せずにどんどん使っちゃって」

「本当ありがとう！　ばり嬉しい‼」

「あっ、でも綾っちとオーナー以外には3000円分のギフト券を選んでるから、もし同業者に聞かれた時はシーね？」

「うんっ！　話を合わせるようにするね！」

「さんきゅ」

なぜ二人だけが5000円分のギフト券なのか。それに深い意味はない。

『一番お世話になっているチームメイトだから』というシンプルな理由である。

「ちなみに新作のピーチフラペチーノ美味《おい》しかったから、綾っちも1回は飲んでみて。桃好きならマジでオススメだから」

「じゃあギフト券使って飲んでみるねっ！　トレンドにも上がってたの見てうちも気になってたとよ！」

「さすが綾っち。いいフットワークの軽さで」

「やろ～？」

感想を共有できるというのは、やはり嬉しいこと。プレゼントしたものを使ってくれるのも嬉しいこと。

声色に喜びを含ませるリナであり、綾も楽しみな気持ちから喜びを含ませる。

そんな矢先だった。

「あ、そうだ。カフェ行くならあそこがいいよ。綾っちの家の近所にあるところ。ブックカフェって名目ではあるけど」

「それ……正面にコンビニがあるところ？」

少し間を置き、おずおずと答える綾がいる。

「そうそう！　明日も働いてるかはわかんないんだけど、その店にアタリ……っていう言い方もアレだけど、親切な店員さんがいてさ」

「……ほ、ほう」

　続けてなんとも言えない反応をする綾がいる。

　そんな綾は、少し踏み込んで質問をするのだ。

「ちなみにオススメの店員さんって……どんな感じの店員さんやったと？」

「えっとねえ、一言で言えば『絶対モテるわー』って感じの人でさ。それもチャラい感じではなくて、めちゃくちゃ愛想よくて、わからないこと聞いても嫌な顔しないで親切丁寧に説明してくれんの」

「お、おお……。それは、おお……」

　昨日のこと。

　リナの配信をリアルタイムで見ていたことで――。

　普段からそのような店員を知っていることで――。

　実際に会いに行ってることで――。

　さらには今、詳細を聞いていることで、その人物のシルエットが一瞬で思い浮かんでくる。

「まあ簡単に言っちゃえば綾っちがめっちゃ好きそうなタイプだね。なにごとにも一生懸命みたいな」

「っ!!」

　親密な仲だからこそ言い当てられてしまう。まばたきを多くしながら……そそくさと正座に変える綾。

一見、電話越しで怒られているかのような姿だが、これはどうにか心を落ち着かせようという行動。

「これ思い返すだけで笑えるんだけど、その店員さん、カスタムした時の味の質問に答えるために発売初日からピーチフラペチーノ4杯も飲んでてさ。マジでお腹《なか》苦しそうにしてたよ」

「ははは……。1杯を4つに分けたりしてカスタムせんかったっちゃね？」

「普通そうすると思うんだけど、あの人にはその考えが浮かばなかったんだろうね。いやあ、ホント可愛《かわい》かったよ。めちゃくちゃ一生懸命だけど不器用な店員さんで」

「……」

「ぷっ、そんな人だからだと思うけど、文字はめっちゃ丁寧なのに描くイラストはめっちゃ個性的でさ。昨日の配信に載っけてるから、気になったら確認してみて」

「う、うん！」

――某人物の確信に近づく言葉がどんどんと出てくる。

まだ確定したわけではない。確定したわけではないが、もし確定だとすれば一体どんな巡り合わせだろうか。

頭の整理がなかなかつかない。

まだ昨日の配信を見ていたことを本人に言っていないのは……この件があったから。

ここまで聞けばもう最終確認をしなければ気が済まなかった。

「あの……リナさん。その店員さんのお名前ってわかったりする？ 名札をつけてたと思うっちゃけど……」

「お、興味出てきてるねえ。鬼ちゃんって男がいるってのにぃ」

「で、でででで電話切るよ!?」

「ははっ、ごめんって。その通り名札つけてたからわかるよ」

本来なら名前を聞くようなことはしない。

他に目移りするようなこともない。

ただ、今回ばかりは特殊な状況に立っている綾なのだ。

「えっと季節の『春』に、北斗七星の『斗』で、春斗さんかな。大学生くらいの若い人だったからすぐわかると思う」

「っ!!」

この瞬間、綾の中で確定した。確定してしまった。今まで聴いた情報を手繰り寄せれば、同名だというような考えはもうなかった。

「……は、春斗さん……ね。春斗さん……」

「明日は仕事で外せないからアレだけど、もしよかったら今度二人で寄ってみる？ その人にまた寄るように言ってるからさ」

「それじゃあ……お願いしよっかな！」

真っ白になった頭を支配するのは、『なぜこんなにも仲良くなっているのだろうか』という疑問。

その疑問でいっぱいになった瞬間、正座したまま真横に倒れ込んでしまう綾だった。

∮

時は過ぎ、2日後のこと。

休日が明け、高校が始まる月曜日である。

「あっ、おはよう柚乃《ゆの》ちゃん」

「おはよー。相変わらず早いね、涼羽《すずは》ちゃんは。あと自習してて偉い」

「次は期末テストが控えているから、頑張らなきゃって思って……」

「なるほどね。また褒めてもらえるといいね。とあるお兄ちゃんに」

「も、もう……。柚乃ちゃんってば……」

「あはっ」

顔を合わせて早々、恥ずかしそうな声を漏らして頬を朱色に変える柚乃の親友、涼羽は両手を合わせながら伏し目になる。

柚乃は知っているのだ。

たくさんの大学を選択肢に入れられるように、という目的で勉強をしていることを含め

──テストで高得点を取りたい理由を。

「じゃあ私ももうちょっとしたら学校早く来るようにしようかな。そっちの方が勉強に集中できると思うし」

「……も、もうちょっとしたら？」

涼羽が引っかかったのがこれ。

「『明日にでも』って言いたいところだけど、最近は朝からバカ兄貴の遊びに付き合ってさ。……まあ、付き合わされてるっていう方が正しいんだけど、絵しりとりしてるんだよね」

「えっ、絵しりとり？」

まさかの遊びだろう。

碧い目を丸くしてパチパチとまばたきを繰り返す。

『どうして絵しりとりなの？』と聞かれることを瞬時に察した柚乃は、すぐに説明を加えるのだ。

「なんか仕事先で描くイラストをもっと上達させたいんだって。こんなことやり始めて睡眠時間減らそうとするから、描ける絵のレパートリーを増やす方向で説得したけど」

「ふふ、本当に春斗お兄さんらしい……。真面目で一生懸命で」

「一応、バカ兄貴のいいところではあるしね」

「でもよかった。レパートリーを増やす方向にまとまって……。春斗お兄さんには無理してほしくないから……」

「ただでさえ忙しい人なのに、時間の使い方が本当下手くそだから困るんだよね。てか、風邪ひいても普段通りに振る舞おうとするからタチ悪いし。しかもその演技だけ変に上手《うま》いし」

ボロボロに言う柚乃だが、涼羽と同じで心配の気持ちからきているもの。

夜ではなく、朝に絵しりとりをするようにしているのも、バイト終わりである春斗の体を考えてのこと。

「風邪をひいても普段通りに振る舞おうとするのは、柚乃ちゃんに心配をかけたくないんだよ。普段のやり取りを見たらわかるから」

「……はあ。私は別に心配しないのにさ。まったく」

「嘘《うそ》つき」

「う、嘘じゃないし……」

この時、視線を彷徨《さまよ》わせて早口になる柚乃。頬が朱色になって痩せ我慢をしているかのよう。

このような嘘が下手なのは兄譲りだろう。

そして——これに関しては前例がある。

「春斗お兄さんが熱を出した日、柚乃ちゃん急いで学校から帰ってたような」

「っ!!」

「『早退したい』って何度も言ってたような」

「……」

春斗《はると》が40度近い熱を出したその日。

一日中落ち着きがなく、その日だけは授業に集中した様子もなく、最後のＳＨＲ《ショートホームルーム》が終わった瞬間、急いで駐輪場に向かった柚乃なのだ。

『別に心配しない』という言い分に対して、説得力は皆無。

言い逃れができないほどの判断材料を持っている涼羽である。

「えっと、ま、まあ……よくよく考えれば心配しない家族はいないわけで。……今のは私が間違ってた」

「ふふふっ」

「……分の悪いことするんじゃなかったよ」

アクティブな柚乃と物静かな涼羽だが——からかい、からかわれる。それがずっと変わらない二人の関係。

「お家帰ったらバカ兄貴に憂さ晴らししよ。バカ兄貴が風邪ひいたせいでこうなったわけだし」

「本当に？」

「本当」

「本当の本当に？」

「本当だし……」

『春斗が風邪をひいたせいで前例を作られた。全てはそのせい』というのは事実だが、風邪というのは仕方がないもの。

可哀想《かわいそう》な八つ当たりだろう。

それでも涼羽が笑っていられるのは、春斗が嫌がるような憂さ晴らしをしないことがわかっているから。

少し脇腹を突いてみたり、買い物に連れていってみたり、逆に手間をかけた料理を作ってみたり。

いつもこんな風なのだ。

「じゃあ、今日は春斗お兄さんに確認のメッセージを入れようかな。柚乃ちゃんに嫌なことされませんでした？って」

「そ、それは別にしなくてもいいじゃん……！」

お互いの性格を知っているだけに、一つ突かれてしまったらもう巻き返しが図れない関係なのだ。

柚乃も時に詰めの甘さが出るところもまた、春斗譲りだろう。

「そ、それにそんなことしたらお泊まりに誘ってあげないからね。次の三連休に誘うつもりだったんだから」

「そ、それを引き合いに出すのはずるいよう……」

「じゃあもうさっきの話を掘り返すことはなし！　わかった？」

「ふふ、うんわかった」

「ってことで前に言ったお泊まりの話しよ！　お泊まりの!!」

「ありがとう」

「うん！」

不利な状況時には話題を変えるに限る。

だが、これは元々話したかったこと。

柚乃の言葉がキッカケとなり、1時間目の授業が始まるまでお泊まりの計画を立てる二人だった。


それから午前中の授業に昼休み、最後になる7時間目の授業を終えた放課後のこと。

「……罰が当たったかも」

柚乃がこの声を出したのは、自宅への帰路を辿《たど》っていた途中。

チェーンが絡み、動かなくなってしまった自転車を見ながらである。

「私のために汗水流してくれてる人に、『憂さ晴らし』とか言っちゃダメだってことだよね、やっぱり……」

人通りのある道でこうなってしまった。

ペダルが回らなくなってしまった。

「……はあ」

解決しようもない状況にため息をつくしかない。

今の自分にやれることは、周りに見られる恥ずかしさを我慢して、自転車を押しながら帰ることだけ。

「頑張ろう……」

気持ちを切り替え——そう覚悟した時だった。

「あら、どしたのお姉さん」

「っ！」

曇りのない透き通った声を背後からかけられる。

パッと柚乃が振り向けば、帽子を深く被《かぶ》り、黒マスクをつけた金髪の女性が一歩一歩近づいてきているところ。

「え、あの……」

「驚かせちゃってごめんね。あたしは別に怪しい人じゃ……って、こう言ったら逆に怪しくなっちゃうか。じゃあどうしよ……。あ、これでどうかな」

どんな雑音があっても一言一句聞き取れる本当に綺麗《きれい》な声を持つその女性は、自問自答しながらペラペラと言い終えると、マスクに手をかけて顎下に掛ける。

そしてモデルのような端正な顔を露《あら》わにすると、『安心してね』と上手なウインクをパチリとした。

「あ……。すみません、ありがとうございます……」

「ううんー。だいじょぶだいじょぶ。それでなんだけど、もしかして自転車のチェーン外れちゃった？」

突然声をかけられ、怒濤《どとう》の勢いで言葉を続けられ、今までに会ったことのないコミュニケーション能力も持つ女性に動揺してばかりの柚乃だったが、同性で親しみやすさを感じる相手。

警戒は自然に解け、冷静になって状況を伝えるのだ。

「は、はい。いきなりこうなってしまって……」

「ふんふん。ちょーっと自転車見せてもらってもいいかな？」

「あっ、どうぞ……」

まるで何度か話したことがあるかのような距離の詰め方。

そのコミュニケーション能力の高さにまだついていくことができない柚乃は、自転車から1歩後ろに。

そこに手提げバッグを地面に置いて確認を始める女性。

「あー。なるほどなるほど。これチェーンが噛《か》んじゃってんね。ペダルが回らないんじゃない？」

「そ、そうなんです……！」

「後輪を持ち上げながらじゃないと動かない一番厄介なタイプだよね、これ。じゃあ少《すこ》ぉ

し待っててね。すぐ解決してあげるから」

「えっ……」

「これでも学生の頃はチャリ直しのリナ姉《ねえ》って呼ばれてたんだから、安心してもらって大丈夫！」

口元はマスクで隠れている。それでも目を細めて笑顔を作ったリナと呼ぶ女性は、なんの迷いを見せることもなく素手でチェーンを握る。

「おいしょ……。おいしょ……。おいしょ！」

そんなかけ声を出しながら、固く噛んでいたチェーンを外し、鬱血《うっけつ》した指でリングにハマるように動かす。

そして——2分後。

「よし、カンリョ！　ほら、ペダル回るようになったよ～」

「っ！」

「これでいつも通りに帰れんね！　よかったよかった」

チェーンに触れたことで、黒く汚れた手をペダルに当てないように回し——直したことを証明する。

『汚れがつかないように』という気遣いまで見せるリナは、なにも変わらない様子で手提げバッグの持ち手に腕を通し、立ち上がるのだ。

「まあ直ったには直ったけど、チェーンの劣化が原因で外れたりするらしいから、１回目転車屋さんで見てもらった方がいいと思うヨ？　怪我《けが》しちゃったら大変だし、あくまで応急処置だからサ？」

強要のない促し。

それでいて恩に着せないように語尾を上げるリナは、汚れていない両手首を使って帽子の位置を整えながら再び笑顔を見せる。

「わ、わかりました。近いうちに自転車屋さんでチェックしてもらいます！　本当にありがとうございます……！」

「全然気にしないで～。あたしの記憶だとそこまでお金もかからなかったから！　それじゃあ気をつけて帰ってねん」

「あっ——」

本当に恩に着せるつもりがないのは、事を済ませてすぐに立ち去ろうとしていることからも明らか。

それでいて、申し訳なさを感じさせないためか黒く汚れた手を見せないように背中に隠して別れの言葉を口にするリナである。

この時、柚乃《ゆの》の中で『警戒』の字は消え去っていた。

助けられたのにお礼をすることができないというのは、絶対に許容できるものではなかった。

『人になにかしてもらった時はちゃんとお礼をするように』ということを、今は亡き親から口を酸っぱくして言われていたことで――。

『お礼の言葉』では気が済まないのだ。

「あ、あの！」

「ん？」

勇気を出して、柚乃は口にする。

「ぜ、是非この件のお礼させてください！」

「ちょっ、ホント気にしなくていいよ。嫌々したわけじゃないしさ」

「それでも私の気が済みません……」

「う。ま、まあ……」

こう伝えられるリナは、苦笑いを浮かべる他なかった。

もし逆の立場なら、同じことを絶対に言っているというように。

「でも、大の大人が高校生に奢《おご》ってもらうわけにはいかないし……ね？」

共感があるだけにすぐに代案を考えるが、大人のプライドを持っているリナである。

100円のジュースであったとしても、初対面の高校生の女の子に大事なお金を使わせるわけにはいかない。

「……」

「……」

お互いに譲れない思いがあるだけに、無言の時間が訪れる。

優しい気持ちを持っているからこそ、なかなか折り合いがつかないもの。

「あの……。お姉さんにつかぬことをお聞きするのですが……今、お腹《なか》は空《す》いていたりしませんか?」

「あっ、空いてる空いてる! じゃあそうだ!!」

柚乃の質問を聞いて妙案が浮かんだリナは、一際明るい声を出す。

「じゃあ今からあたしと一緒にご飯食べに行かない? お金はこっちが出すから、お店選んで! って感じでどうかな。(初対面で安心もしにくいだろうから、人目がある) カウンターのお店でも大丈夫だし」

〝一人で寂しく〟ご飯を食べるところだった。という体で話を進めるリナだが、柚乃も柚乃で妙案があった。

「そ、それではお姉さんのお金が……なので、ご迷惑でなければ私のお家でご馳走《ちそう》させてもらえませんか? 私のお家はそう遠くもありませんので」

「えっ!? いやいやぁ〜、それはさすがに遠慮がヤバいっていうか……」

「ちなみにと言いますか……両親はもういないので、多くの気を遣わせることもないかなと」

「ん!?」

春斗《はると》がいるおかげもあり、両親との別れを乗り越えている柚乃。

だからこそ、表情を暗くすることなく『気を遣わせることも……』と伝えることができるが、リナからすればそうではない。
「じ、じゃあお邪魔しよっかなっ!!」
『高校生の女の子が一人きりで生活してるって……』という心配から速攻でＯＫを出すのだ。
このような勘違いが起きてしまうのも、お互いが優しい心を持っているからに違いない
だろう。
そんな似た者同士とも言える二人の相性は当然良く、自己紹介をしつつ、会話を弾ませ
ながら歩くこと15分。

「お〜。立派な一軒家じゃん！」

柚乃の自宅に着けば、早速声を上げるリナである。

「ありがとうございます。このお家は両親が残してくれたものでして」

「うーん。ご両親は誇らしく思ってるだろうね。まだ高校二年生なのに、こうした振る舞
いができて、しっかりお家に招待できてる柚乃ちゃんだからさ」

「あは、そうだと嬉《うれ》しいですね」

「社会人のあたしがそう思うんだもん。絶対そうだって！」

『あ、なんかごめんね……』と、謝ることで暗い空気を作らせず、前向きの言葉を選んで
明るくさせるのはリナらしい性格だろう。

実際に温かくなった気持ちで鍵穴に鍵を挿す柚乃は、玄関を開けて早速家の内を案内す

る。

「リナお姉さん、お手洗いはこちらです」

「お邪魔しま～す。って、ごめんね、柚乃ちゃん。遠慮なく使わせてもらうよ」

「とんでもないです。手を汚させてしまったのは私のせいですから……。タオルはかけてあるので自由に使ってくださいね。お手洗いが終わったら、こちらのリビングまでお願いします」

「はぁ～い」

このやり取りの後、一旦別行動。

元気な返事で答えて洗面台を利用するリナは、手についた頑固なチェーン汚れをハンドソープで落とし終えた後、整理整頓がされた綺麗なリビングに入る。

そこにはもうテレビをつけて、キッチンで料理の準備を始めている柚乃がいた。

「柚乃ちゃんごめん。ちょっとハンドソープ使いすぎたかも」

「全然気にしないでください！　チェーンの汚れなので、たくさん使わないと落ちないですから！」

「そう言ってもらえると助かるよ」

初対面の相手であり、なにかと苦労している家庭環境でもある。使えば使うほどに申し訳なさが出ていたリナなのだ。

言葉通り、理解してもらえて安堵《あんど》する。

「あの、リナお姉さんはアレルギーとか嫌いな食べ物はありますか？　そちらは避けて作りますので」

「マジでなんでもOKだよ～」

「わかりました！　ではお料理を作っていきますので、テレビを見ながらでもゆっくりされてください」

ニコッと笑顔を浮かべた柚乃は、冷蔵庫を開けてさらに食材を選別している。

すでに台所に置いている大量の食材からしても、最大限のもてなしをしようとしているのは明白。

そして、料理を嗜《たしな》んでいるリナだからこそ、たくさんの食材を扱う大変さは理解している。

「ねえ柚乃ちゃん、せっかくだから一緒に作らない？　あたしこう見えても料理好きなんだよね」

「えっ!?　で、でもそれでは……」

「好きなことをさせる分にはバチは当たらないって！　むしろ重ねてお礼できるって言い方もできるじゃん？」

『どうせだから一緒に楽しも』と、つけ加えたリナにはもう返す言葉がなくなる柚乃である。

「そ、そのように言われたらお願いするしかないじゃないですか」

「にひひ、誰かと一緒に料理作る経験ってなかなかないから、むしろさせてほしいんだよね」

「わかりました。でしたら一緒にお願いします！」

「うい！」

配信で使うトークスキルをしっかり活《い》かし、柚乃を完璧に納得させたリナは、キッチンの中に入っていく。

「では、リナお姉さんにはまず副菜を一品お任せしてもいいですか？　食材や調理器具は自由に使ってもらって大丈夫ですから。あとは棚や冷蔵庫も自由に開けてもらって大丈夫です！」

「了解！　じゃあまずはいろいろ確認させてもらうね～」

「どうぞ」

料理作りにおいて大事なことの一つは段取りである。

スムーズにことを進めるためにも、調味料や細かな調理器具の場所を把握していく。

そんな中でリナは話題を飛ばした。

「いやあ、柚乃ちゃんはホンット立派だよねえ。あたしが高校二年生の時なんか、遊んでばっかりで気が向いた時にしか家事してなかったし」

「私の場合、やっぱりこの家庭環境が大きいと思います。……恥ずかしい話ですけど、兄をできるだけ楽にさせたい気持ちでいっぱいでして」

「——おっ!?」

今、初耳な内容だった。

兄がいることを初めて知った。

『一人暮らしをしている』との勘違いに気づいた瞬間だったが、状況にあったリアクションを取ることで上手に驚きを隠したリナだった。

「ちなみにだけど、お兄ちゃんはどう？　優しい？」

「……は、はい。正直、自慢の兄ですね。本当にすごいんですよ。私のお兄ちゃんは」

「ほー！　例えばどんなところ？」

「えっと、これは少し湿っぽいお話になってしまうんですが——」

その前置きをして、柚乃は説明を始める。

「お兄ちゃんは元々、大学に進学する予定があったんですけど、家庭環境が変わってからは私を高校に通わせるために、大学に進学させるために、自分の予定を変えて高校卒業に必要なだけの出席日数や最低限の単位を取るだけにして、あとの時間はバイトをたくさん入れてお金を稼いでくれて……」

「うんうん」

この時ばかりは料理の手を止め、相槌《あいづち》を打ちながら話を聞くことに集中するリナである。

「そのせいで……という言い方を私がするのは間違っているのですが、お兄ちゃんは学年の中でも良い成績だったのに、下から数えた方が早いくらいになってしまって……」

「……」

「だからその、本人の中では絶対に辛《つら》い思いがあったはずで……。そんな中、どんなに体が疲れていても、どんなに熱があっても、私を心配させないために弱ったところを見せなくて……。って、これは悪いところなんですけどね！」

普段言えていない心の底の想《おも》いを口に出せば、すぐに羞恥に襲われる。

熱くなる体を冷ますように、手で顔をあおぐ。

「……ま、まあその、お砂糖とお塩を間違えて使うくらいに抜けたところのあるお兄ちゃんなんですけど、頭が下がるばかりで尊敬する人です……ね。以上です」

「……」

「リナお姉さん？」

「ご、ごめんごめん！　今ウルッてきてさ」

反応ができなかったことで、当然窺《うかが》われる。

「実際にお兄ちゃんを見たら、『えー』ってなると思いますよ。聞いた姿とはギャップがあると言いますか……抜けてるところは本当に抜けてる人なので」

「いやあ、完璧すぎるとアレだし、そのくらいがちょうどいいって」

人間、欠点がある方が魅力的だと言う。

正しく柚乃《ゆの》の兄に当てはまっていることだろうか。

「そのお話を聞くと、一度お兄さんにご挨拶をしてみたくなったり……」

「そう言ってもらえるだけで嬉しいです。お兄ちゃんはゲームが好きなので、リナお姉さんもゲームが好きでしたら話が合うかもです」

「いい趣味持ってるじゃん。ちなみにお兄さんはどんなゲームをしてるの？」

「あ……。すみません、女性の方はあまりしないゲームだと思うんですが、銃を使うゲームで……ABEX というゲームにハマってますね」

「ほーう。それはそれは」

リナにとっては馴染《なじ》み深い、生活の基盤となっているゲームの名前が飛び出し、無意識に眉をピクリとさせる。

「高校のクラスメイトも話題にしてるので有名なゲームだと思うんですが、リナお姉さんは知ってますか？」

「んー、なんていうか……普段はこんなこと言わないんだけど、あたしがその ABEX のプロチームに所属してるっていうか」

「――へ」

その返事を聞いた瞬間、呆気《あっけ》に取られた声を出して目をまんまるくする柚乃である。

プロチームに所属しているという衝撃的な言葉に加え、『女性の方はあまりしないゲームだと思う』というフォローの発言が、失言になっていたことにも気づいて。

「そ、そそそそれは本当にすみませんっ！　ププププロの方に失礼なことを言ってしまって!!」

「全然だいじょぶだって。実際プレイヤーはめちゃくちゃ男が多いしね」

悪意のない言葉であることも十分伝わっている。

同じ状況に立って軽く流せないような人間はいないだろう。

「……お、お話は変わるんですが、リナお姉さんはそんなにすごい方だったんですね……。チームに所属するのは本当に難しいことだって、お兄ちゃんから聞いたことがあって……」

「これぱっかりはご縁が大きいところもあってね」

プロチームに所属し、その名を背負っている身として、謙遜するというのは良くないと言われることもある。

しかし、ここはどうしても割り切れない部分があるリナである。

「でもABEXにハマってるなら、柚乃ちゃんのお兄ちゃんはあたしのこと知ってる可能性あるね」

「ぜ、絶対に知ってると思います！　ここだけのお話なんですけど……お兄ちゃんは配信活動もしてますから」

「ちょ、それマジで!?」

「はい！　チャンネル名とかは全く知らないんですけど、登録者さんがたくさんいると貫える銀の盾を持っているんですよ」

「ウッソ！　それ、めっちゃくちゃすごいじゃん!!」

「そうなんです！　本当にすごいんですっ」

春斗《はると》が配信していることは、今まで誰にも言ってこなかった柚乃。

今回その殻を破ったのは、ABEXのプロチームに所属している相手で、活動を理解してくれるだけでなく、褒めてくれると思った相手だから。

そんなリナだから、〝身バレしない程度〟で自慢したくなる。それくらい春斗のことを誇りに思っている柚乃なのだ。

「あのさ、柚乃ちゃんのお兄さんマジでバケモノ級にすごいよ……？　視聴者も人間なわけで、異性に興味を持つことが普通だから、配信は同性を集めるのがめっちゃ難しいんだけど、そんな環境下でターゲット層が男性のABEX《ゲーム》なのに、盾貰《もら》えるくらい数字出してるって。ホント言葉にならないくらいエッグいよ」

饒舌《じょうぜつ》になってしまうのは、自身も配信活動をしているリナだから。

配信の市場を詳しく調べた経緯もあり——異性メインのゲームで配信をした方が注目を集めやすく、定着率が高かったという体験をしているからこそ、10万人以上の登録者数で得ることができる盾の情報に驚く以外なかったのだ。

「リナお姉さんがそこまで言うってことは、もしかしなくても私が思っている以上に……なんですかね」

「ABEXで登録者数を伸ばすことができてる男性配信者ってマジで少ないからねえ。間違いなくこの業界にとってかけがえのない存在って言えるよ」

「え、えええ……」

このように言う相手が業界人なのだ。言葉を疑う余地すらない。

ただ、同じ屋根の下で暮らしている春斗が……というのは、驚きの感情よりも意外な感情が勝つこと。

今まで配信の自慢を聞いたことがないことも相まって。

「ちょーっと聞きたいことがあるんだけど、柚乃ちゃんのお兄さんって今配信中だったりする……?」

「いえ！　今はお仕事に出かけています。1週間に一度しかお休みがないくらい忙しい人でして」

「ちょっと待って。そんなに登録者がいるのに配信にプッシュしてないの!?」

「そ、そうですね……」

チャンネルの詳細は聞けてないが、『10万人以上の登録者がいる配信者』という時点で、生活に困らないだけの収益を得ているのは間違いないこと。

波に乗っているなら、チャンネル運営に力を入れた方がメリットは多いだけに、『宝の持ち腐れ』と例えても間違いではない状況だ。

「私自身、お兄ちゃんには好きなことをさせてあげたいので、シフトを減らすか、専業になってもと伝えているんですが……」

「あー。わかった。生活費だけは絶対に安定させたい、みたいな?」

「その通りです。生活費が安定している方が私を学業に集中させることができるから、という思いがあるらしくて……」

「なるほどねえ。イイお兄さんだこと、ホントに」

『もっと有名になれる』

『さらなる収益が得られる』

そんな高確率の現実が目の前に転がっていることがわかっていても、家族を第一に考えた結果なのだろう。

リスクのない、これ以上にない安定策だと言われたら、確かにその通りなのだ。

「私、そんなお兄ちゃんにキツく当たってしまうこともあって……。本当に情けない限りです」

「素直になれる時がきたらちゃんとお礼を伝えないとだね」

「はい。もし伝えることができなかったら、私は絶対天国に行けないと思います」

「にひひ、それは言えてるかも、なんてね」

冷酷なことを肯定する返事でもあるため否定するべきところだが、鼓舞するためにあえて同意気味を選ぶリナである。

「あ、あの……。それでどうしましょう？　私のお兄ちゃんに会っていかれますか？　今日は夕方までのシフトなので19時には帰ってくると思います」

「じゃあ顔合わせさせてもらおうかな。交流が一つでもあれば、今後なにかしらのイベントに招待しやすいしね」

「本当ですかっ⁉」

「もちろん。そんなにイイ人には是非参加してもらわないとだし、ご飯も3人で食べられたら嬉しいな」

「いろいろと本当にありがとうございます！」

春斗が活躍できる場が増えるというのは、なによりも嬉《うれ》しいこと。

両手で握り拳を作って感情を露《あら》わにする柚乃だったが——「あっ」と、声を出してすぐ我に返るのだ。

「リ、リナお姉さんすみません……。やっぱりお兄ちゃんはイベントの参加……難しいかもしれません」

「え？　それまたどうして？」

「こればかりは本当に詳しく説明できないのですが、配信のお兄ちゃんはその……嫌われキャラなので……」

「はあ!?　そんなことあるの!?　めちゃくちゃイイ人なのに⁉」

「それでも……でして」

貴重な言葉をかけてもらったからこそ、申し訳なく伝える柚乃。

これは春斗がどのような配信をしているのかを知っているから。

万人受けするようなスタイルを取っていないからこそ、予《あらかじ》め伝えるのだった。

夕暮れの空が暗く変わり、星や月が浮かび上がる時間帯。

雑談を交わしながら楽しく料理を作り終えた後のこと。

『テテテテテン』と、リズミカルな音楽が柚乃のスマホから鳴り始めた。

「あっ！　お兄ちゃんから電話来ました」

「時間的にお仕事終わった感じっぽいね。遠慮なく電話取っちゃって！」

「通話はスピーカーにしておきましょうか？　声を聴くとどんな人なのか少しわかると思うので」

「柚乃ちゃんにお任せするよ」

「では一応スピーカーにしておきますね！　聴かれて困るような話も特にないですから」

春斗には不誠実な対応になってしまうが、ここは恩のあるリナを優先するべきところ。

話をつければ、『応答』のボタンを押し、続けてスピーカーボタンを押し、通話を開始させた。

『あ、もしもーし、ゆー？』

「もしもし。お兄ちゃん今お仕事終わった？」

『うん今終わったところ。って、なにかあったの？　バイト終わったら絶対連絡してってメッセージ届いてたから』

「その件なんだけど、今日の下校中に自転車のチェーンが外れちゃってさ」

『えっ、それ大丈夫!? 怪我《けが》とかしてない!?』

「こ、声大きいって……。スピード出すような道とかないし、怪我もしてないから……」

チラッとリナを見てみれば、クスクスと笑っている。

聴かれて困るような話はなにもないが、こればかりはどうしても恥ずかしく思う柚乃《ゆの》である。

『ならよかった……。あ、それで俺がゆーの自転車を持って帰ればいいってことだね。どこに停《と》めてあるの?』

「いや、自転車が動かなくなって困ってたところをお姉さんが助けてくれて。嚙《か》んでたチェーンを戻してくれたから、動かせる状態になって家にあるよ」

『チェーンを戻してくれたって……それ、手が真っ黒になってたでしょ!? どこに住んでるとか聞いた? お礼しに行かないと!』

『人になにかしてもらった時はちゃんとお礼をするように』ということを親から口を酸っぱくして言われていたのは、春斗も同じ。

柚乃と同じ対応になるのは自然なこと。

「うん。だから洗面台を貸したりとかのお礼を兼ねて、お家に招いてご飯をご馳走《ちそう》するようにしたから、私を助けてくれたお姉さんが今いるからねって連絡をしたくて」

『ゆー! それ本当偉い! じゃあお礼の品買っていくから、自分が家に帰るまではなんとか引き留めるようにお願いね!』

当然、この内容はリナにも聴こえている。

『お礼の品』の言葉を聞いて再びリナに視線を向ければ、手を左右に振っている。

『お礼は大丈夫』との気持ちを理解する柚乃だが、両手でバッテンを返しながら通話を続けるのだ。

「ありがとう、お兄ちゃん。お仕事の後なのにいろいろごめんね」

『全然全然！　なにも負担じゃないしね。あっ、そのお姉さんに好きなものだけ聞いてくれない？　それに沿ったものをお渡しするのが一番喜んでくれると思うから！』

「甘いものが好きって言ってたよ。お姉さんゲームするらしいから、手軽に摘《つま》めるのがいいと思う」

『了解！　じゃあお店に入るからまた！　お姉さんには兄がもうちょっとしたら帰ってくるってことを伝えててね』

「わかった。急がずに気をつけて帰ってきてよ」

『あはは、ありがと。ゆーは高校お疲れさま』

「ん、それじゃ」

『うん、またね』

「はーい」

春斗の最後の言葉に返事をして、通話を切る。

「……と、今のが私のお兄ちゃんです」

「めちゃくちゃ親しみやすそうなお兄ちゃんだってのはわかったけど……さ？　柚乃ちゃんは柚乃ちゃんでそんなに気遣わなくてよかったのに」

「こればかりは親の教えですから」

「もー」

このように言われたら誰だって言い返すことはできない。

ほんのりとした抵抗を見せるも、両手を上げて観念するリナである。

「いやあ、それにしても通話で聞いた感じのあのお兄ちゃんが嫌われキャラを演じてるっていうのホント驚きだよ。どう考えても組み合わせ悪いじゃん」

「本当に通話通りの人なので、私もそう思います。配信をする時は必ず台本が必要なくらいですから」

「だ、台本？」

「演劇で使われるようなキッチリしたものではないんですけど、その時々で使える攻撃的なセリフ？　とかですね」

「へえ～……。なるほどねえ……。それはそれは」

この時、とある心当たりを見つけたリナは無意識に口に手を当てるのだ。

驚きと動揺をこの仕草で噛み砕くのだ。

「でも……なぜお兄ちゃんが相性の合わないものを選んだのか、今は納得してます。リナお姉さんが教えてくれた厳しい環境のことを聞いて、お兄ちゃんはお兄ちゃんなりに配信者として戦うために一生懸命考えた結果なんだなって……。ますます頭が下がってしまいますけど」

「ふふ、その性格だと配信で得たお金は柚乃ちゃんの学費に回すように考えてるだろうしね、オニーちゃんは」

「あはは。無理だけはしないように改めて言おうと思います」

「うん。ホント……素敵な兄妹だこと」

思ったままの言葉がつい漏れてしまうリナ。

話を聞いているだけで、見ているだけで微笑《ほほえ》ましくなるほど。

また、柚乃がここまで尊敬する相手で——兄の正体に8割ほどの確証を得たリナはもう挨拶を楽しみにするばかりになっていた。

何度も時計を確認する仕草を見せていた。

そうして、待ち遠しい時間が何十分と続いただろうか。

リナは人生で一番の驚きに襲われることになる。

玄関のドアが開いてすぐのこと——。

「あー！　柚乃が本当にお世話になりまし……た!?」

「っ!!　ブックカフェのお兄さんじゃん!?」

顔を合わせ、初対面ではないことが判明したことで。

∮

玄関でワイワイとした挨拶を終え、明日に回さなければ絶対に食べきれないほどの豪勢な料理をリビングで囲む現在。

「……ゆ、ゆーは本当とんでもない人を家に招いたね……。本当とんでもない人とお料理したね……」

「ほ、本当にチャンネル登録者さん70万人もいる……」

あらかじめ情報を持っている春斗《はると》と、スマホを使って簡単に調べた柚乃は、畏縮しながらリナと対面していた。

「にひひ、7の数字になったのは昨日のことだけどね〜。って、配信外じゃただの女だから、普段通りにしてもらえたら嬉しいな。特にさっきまであたしと仲良く話してた柚乃ちゃん」

「わ、わかりました！」

リナの大らかな振る舞いと、フレンドリーな性格のおかげで雰囲気は軽くなる。

だがしかし、普段の生活空間にいるリナがどれだけ有名なのか。

どれほどの影響力や実績を持っているのか。

これを知っている春斗は、箸を持つ手を震えさせるばかりだった。

「で、でもまさかゆーを助けてくれた相手がリナさんだったなんて……。今もまだ信じられないというか」

「あたしもビックリだよ。柚乃ちゃんのお兄さんがまさか親切にしてくれたブックカフェの店員さんだったなんてさ」

「私もお兄ちゃんがリナお姉さんと面識あったことに驚きだよ……」

最初は全員が全員、すぐに事態を飲み込めていなかった。

今、ようやくである。会話が広がり始めたのは。

「あの、妹の自転車のチェーンを直してくださったようで……。リナさんは手とか怪我されてないですか？」

「もちろんもちろん。手を洗わせてもらった時、滲《し》みるとかなかったしね」

「でしたら本当よかったです……」

その返事に、安堵《あんど》するばかり。

ゲーム配信者にとって、特にプロゲーマーにとって、その両手は大切な商売道具である。

プレイで魅せるゲーム配信者としてもリナと通じている春斗にとって、これぱかりは気が気でなかったのだ。

「お兄ちゃん、リナお姉さんはすぐに私のこと助けに来てくれたんだよ。手が汚れることも全然気にしないで」

「そ、そうだったの!?　それを聞くと……うん、お礼の品が足りないような……」

「いやいやいやいや！　めちゃくちゃ足りてるどころか、もらいすぎてるかんね？　マジで」

　春斗が買ってきたお礼の品はチョコレートの詰め合わせが一箱。クッキーの詰め合わせが一箱の計二つ。

　一般的には多い方と言えるが、感謝を伝える形は人それぞれ。

「それに、柚乃ちゃんと楽しく料理できただけでもうお礼してもらったようなもんなんだよね。誰かと一緒にご飯作る機会ってマジであたしにはないからさ」

「わ、私も同じなので……その、またリナお姉さんと一緒にお料理を作ることができたら嬉《うれ》しいです……」

「ホント!?　そう言ってくれると嬉しいねえ」

　両手を合わせながら、頰を緩めて言葉通りの表情を浮かべているリナ。

「じゃあ今度はウチで料理作らない？　あたしの連絡先も教えるからさ」

「いいんですかっ!?」

「逆にあたしからお願いしたいくらいだよ」

「すみませんリナさん、本当にありがとうございます。迷惑をかけるような妹じゃないので、その際は是非お願いしていただけたらと」

　柚乃をたくさん喜ばせたくはあるが、『火事を起こすかもしれない。抜けてるから』という理由でキッチンは出禁の春斗なのだ。

　こればかりはリナの代わりになれない分、深く頭を下げる。

「って、お兄さんは一緒に来てくれないわけ？　作った料理食べてくれると嬉しいんだけど」

「そう言ってもらえるのは嬉しいんですけど、男の自分がリナさんのお宅にお邪魔したことがバレた時、大問題になりません？　その他にもリナさんの住居を知ることで、自分が厄介な相手になってしまうことも……とか」

「まあ一対一でウチに連れ込んでリークされたらどんな弁明も通用しないだろうけど、柚乃ちゃんが一緒なら全然問題ないよ」

　リナが所属しているプロゲーミングチーム、Axcis crown は恋愛禁止ではない。

　仮に誤解されてたとしても周りに迷惑をかけることはなく、なにか影響があるとすれば、主に自分の配信になる。

　自分で蒔《ま》いた種は自分一人で回収できるからこそ、この判断ができるわけである。

「あとはあたしの住んでるトコを知られたところで、お兄さんがなにかしでかすとは思えないしね」

「ッ！」

　この発言で目を丸くする春斗。

『どうしてそんな風に……』との表情を見て、すぐに説明を加えるリナである。

「あ、見た目は派手だけど、普段からこんなガードが緩いわけじゃないかんね？　こう判断してるのはあの時に優しく接客してもらったし、なによりいろいろと聞いたからさ。お兄さんのことに一番詳しい人から」

柚乃も春斗も信頼に足る人物だと。そう感じていなければ、自宅に招くようなことはしない。

見た目や雰囲気からは隙を感じさせるリナだが、業界に加入する上でのリスクは事務所からこと細かく聞いているのだ。

「リナお姉さん、お兄ちゃんには今日お話ししたこと内緒ですからね」

「にひひ、了解」

「あの、ゆーがそんなに褒めてくれてたんですか？　自分のことを……」

「お兄ちゃん、『内緒』って言ってるのに、そうやって追及するのカッコ悪いよ。本当ダサい」

「こ、こればっかりは大目に見てくれてもいいでしょ……！　嬉しいことなんだから」

「大目に見れば見るだけ私が損するじゃん」

「ぷっ」

高校生という時期なだけあって、なかなか素直になれない年頃——ということを考えても、あんなにも心の内を話していた時とのギャップに、『お兄ちゃんにキツく当たってしまう』と言っていた柚乃《ゆの》を思い返し、笑いを堪《こら》えきれていなかったリナである。

そんな一瞬でツンとなる柚乃だが、この態度になってしまうのは、春斗というたった一人の家族にだけ。

「……あ、美味《おい》しい。リナお姉さんが作ったごま和《あ》え」

「でしょ〜。炒《い》り煮《に》も自信作だから、いっぱい食べてみて！って、お兄さんは全然箸が進んでないじゃん。仕事の後なんだから、英気を養わなきゃ」

「あ、あはは。それではバクバクいただきます」

優しい促しのおかげで、春斗は料理を取りやすくなる。

このタイミングで――柚乃は手を伸ばすのだ。

「はいお兄ちゃん、私が取りわけてあげるから」

「ありがとね」

「別に……」

「ふふ」

『お兄ちゃんにキツく当たってしまうこともあって……本当に情けない限りです』と。

それが柚乃から聞いた本心。

やはり先ほどの態度に思うことがあったのだろう、素直になれるところではちゃんとした優しさを見せていた。

「これちょっと気になったんだけど、お兄さんと柚乃ちゃんでも兄妹喧嘩《げんか》したりするの？見た感じ全然想像できなくてさ」

「ああ……。そういえば喧嘩っていう喧嘩はずっとしてないですね。いつもゆーに正論を言われるので、言い合いになることがないといいますか」

「ぷふっ、そんなに非のあることしてるの？　お兄さんは」

「そうですよリナお姉さん。それはもう酷《ひど》いもんですから」

と、力ある声で会話に入る柚乃はスラスラと言葉を続けた。

「連絡を忘れることも多々あるので心配させられますし、勝手にさせたら無理ばっかりしますし、最近じゃ夜更かしをして嘘《うそ》までつきますし」

「あ、あらまあ」

聞いた結果、この返事しかできないくらいに平和な内容だった。

「ゆー……？　ここはちょっとくらい兄の顔を立てても……」

「だって調子乗るじゃん。そんなことしたら」

「——と、こんな感じで自分が反論できなくなるのが基本です。あと、リナさんが作った料理もめっちゃ美味しいです」

「ひひ、もろもろ把握」

『リナさんが作った料理〝も〟』の言葉で春斗らしさを感じるリナ。そして、この感想を伝えてくれるだけで嬉しいもの。

その証拠に、まんざらでもなさそうな表情をこっそり浮かべている相手がもう一人いる。

「じゃあ柚乃ちゃんとお兄さんのパワーバランスは100と0なんだ？」

「普段はそのように言えないこともないんですけど、私が非のあることをした時は……風邪とか、怪我《けが》を隠した時は、その10倍くらいで返されますよ」

「へえ、なるほど」

「ここだけの話、殴りかかってくるほどですから」

「そっかあ。ご飯食べたら警察行こか、お兄さん」

「も、もう……。ありもしないこと言うんだから……」

ボソリと独り言を発しながら、呆《あき》れ交じりの苦笑いを浮かべる春斗。無論、柚乃が冗談を言っているのは理解しているリナである。

「普段から優し《コレ》いな分、怒ったお兄ちゃんは本当に怖いので、リナお姉さんも気をつけてくださいね」

「あたしは柚乃ちゃんほど怖く思わないいんじゃないかな」

「え？」

「説教はその人を大切に思ってるほど気持ちが強く入っちゃうもんだしねえ、お兄さん？」

「ははは、こうした場だから言えるんですけど……ゆーには苦労ばかりかけちゃってるので、辛《つら》い思いをさせたくないんですよね。俺が頼りないばかりにこんなに家事を任せちゃって、バイトまでさせちゃってるので」

お酒は入っていない春斗だが、茶化すことなく聞いてくれるリナだから、言いたいことを言うことができる。

「バ、バカじゃないの……。お兄ちゃんの方が苦労してるくせに」

「俺は健男児だから平気なの。体力も柚乃の数倍はあるんだから」

「その健男児体力数倍理論本当嫌い」

「そう言わないでよー」

「ふふっ」

噛《か》まずにスラスラと言う柚乃を見て二人して笑う。

もう何度目だろうか――。

この微笑《ほほえ》ましいやり取りを、お互いがお互いに支え合っている会話を聞いて、リナはもう一歩踏み込むことを心に決めた。

「……あのさ、めちゃくちゃ話を変えちゃうんだけど、お兄さんってあたしと同じで配信活動してるんだよね？　ゲームの話題で柚乃ちゃんと話した時、少し教えてもらって」

「確かにやらせていただいてますけど、自慢できるようなものじゃないので……」

この話題になっても動揺しない春斗《はると》なのは、柚乃が『鬼ちゃん』の活動チャンネルを知らないから。

もし誰かに教える場合には、身バレしないように『最低限の情報で』と伝えているから。

そして、『自慢できるようなものじゃない』と言うのは、人には言えない賛否両論の配信スタイルを取っているから。

「あ、一つ安心してもらって。あたしは別に探ろうとしてるわけじゃないからさ」

「はは、それは助かります」

「なんでこう聞いたのかって言うと、あたし人の配信部屋に興味あってさ。もし問題なかったら見せてくれると嬉しいなーって思って」

「そうでしたか。それは全然大丈夫ですよ。大した配信部屋じゃないですけど、それでもよかったら」

「マジありがと！　じゃあご飯食べ終わった時にお願いしていい？」

「わかりました。その時に少しお時間もらっていいですか？　少し部屋の中を片付けたくて」

「うんうん、そのくらいなら全然ＯＫ」

気持ちのいい笑顔を見せて、希望を通すリナ。

人の配信部屋に興味があることは嘘じゃないが、これは一つの口実であり――柚乃は察したように動いてくれる。

「じゃあ私はその間、リビングでゆっくりしとこうかな。少し見たいテレビもあるし」

『イベントの件』を話していたため、二人きりになれるように。

だが、ここはさすがの春斗だった。

お礼をする側が見たいテレビを優先する違和感と、そんなことをする柚乃ではないことにすぐ気づくのだ。

「そんなに気遣わなくていいよ。ゆーも一緒に行こ？」

「別にそうじゃないから。あ、二人きりになるからってリナお姉さんに変なことしないでよ。もし悲鳴が聞こえたらすぐ通報するから」

「そんなことするわけないでしょ!?」

「ふーん。えっちなお兄さんだこと」

「も、もー!　ゆーが変なこと言うから!!」

この手の立ち回りは大得意なリナなのだ。

ニマニマしながら口に手を当てれば、思わず赤くなる春斗。

先ほど以上に賑《にぎ》やかになる食事は、途切れることなく続くのだった。

∮

3人で楽しい夕食を食べ終えたその後。

「おっ！　いいパソコンにいいマウス使ってんねえ。あ、マイクも有名なメーカーじゃん！」

「今は配信ブームでライバルも多いので、こうしたところを担保することで、少し贔屓目《ひいきめ》に見てもらえるんじゃないかなって思いまして」

「ほーう」

トップシークレットとも言える煽《あお》りの台本をクローゼットの中に隠した春斗は、約束通り、リナを配信部屋に案内していた。

「それあたしも正しいと思うよ。パソコンがフリーズするだけで視聴者も冷めちゃうし、有名配信者の良いマイクに耳が慣れてる視聴者も多いから、マイクの音質が悪いだけで切られる場合もあるしね」

「そう言ってもらえるとお金をかけてよかったなと思えます。自分は声だけの配信スタイルなので、特にマイクにはこだわってまして」

春斗もリナも、配信の市場を分析してチャンネル登録者数を伸ばしたうちの一人。

この手の感覚は似ていると言える。

「でもさ、そこまで考えられてるのに配信に関係ないデスクとか椅子にこだわってないのはお兄さんらしいよね。ここの数万円分は柚乃ちゃんの貯金に回してるって感じ？」

「……あはは、ご想像にお任せします」

「そっかそっか」

苦笑いを浮かべて言葉を濁したため、リナはすぐに察するのだ。

実際、こだわっている箇所が顕著なのだ。どのような言い訳をしても察していただろう。

「まあ長く配信することを考えたら椅子はこだわった方がいいよ？　なんならあたしがプレゼントするし」

「いえいえ！　そんな甘えてしまったら、ゆーに怒られちゃいますので」

「ひひ、ならしょうがないっか」

「はい。お気持ちだけ受け取らせていただけたらと」

本音を言えば『お言葉に甘えたくもある』が、リナは柚乃の恩人なのだ。

ここは丁重にお断りするところ。

また、春斗にとっては椅子の優先順位はそこまで高いものではないのだ。この判断をしたことを引きずることもない。

「それに配信者界隈《かいわい》じゃまだ自分は若い方ですから、腰が痛くなるようなことも今のところはないので」

「そういえばお兄さんって今何歳なの？　見た目的に20代前半だよね？」

「20歳です」

「は？　あ、あたしの2コ下なの!?　めっちゃくちゃ若いじゃん!!」

「リナさんとそう変わらないですよ。って、22歳でチャンネル登録者数が70万人なんて本当言葉にならないくらいすごいと思います」

分析をしてできる限りのキャラを作り、1年を使ってやっと10万人。放送事故というイレギュラーがあっての20万人。

それが今の春斗である。

あと2年で3倍以上の数字を持つというのは、そう簡単に想像できるようなことではない。

「んー、この年にしては自慢の数字ではあるんだけど……最近、バケモノ級の勢い叩《たた》き出してるABEX配信者が出てきたからねえ。気を抜いてる暇はないんだよね」

「え？」

「ABEXを配信してるなら知ってるでしょ？　シスコンの鬼ちゃんって名前で煽り系やってる人」

「ッ！　あ、ああ……。その人ですか……」

リナの口から出るこの名前。

放送事故から生まれた『シスコンの鬼ちゃん』ではなく、元々謳《うた》っている『煽りの鬼ちゃん』と訂正したいところだが、スルーする春斗である。

『同業者なんだから正体を明かしても』

という意見もあるだろうが、生活の基盤となっているバイト先を知られてしまっているのだ。

賛否ある煽りを扱っているのだ。

ここは慎重にならざるを得ないのだ。

「な、なんていうか、知っていることは知っているんですけど……リナさんと比べるようなレベルじゃないですよ、絶対」

「そうかねえ？」

「それはそうですよ。評判だって悪すぎますし、なんと言ってもめちゃくちゃ悪い人ですから」

「優しーいお兄さんなのに、鬼ちゃんのことヤケに下げて言うじゃん」

「ッ！　そ、それはその……実際に持ってる数字も評判もリナさんとは全然違いますからね!?　放送事故の件が直《じき》に飽きられるのは間違いないので、今の勢いも収まるところに収まるというのが自分の分析でして」

事実を話す。

〝元々分析していたこと〟で説明に筋も通っている。

納得してもらえるに決まっている。

そんな思いから言い切って安堵《あんど》する春斗だが——早とちりだったとわからされるのは、すぐのことだった。

「ふふっ。柚乃《ゆの》ちゃんが言ってた通り、抜けてるとこあるんだね、お兄さんって」

「なっ、なんのこと……です？」

「この部屋のお片付けしたなら、アレは隠すようにしないとじゃない？」

「……あ」

その方向を見るように促された春斗は、ハッとする。

白い歯を見せながらリナが指差したのは、棚の上に飾られている記念品。

——チャンネル登録者数が10万人以上で得ることができる貴重な銀の盾で、その盾にはチャンネル名も記されている。

これ以上見られないように、あわあわと抱き抱えるように銀の盾を隠し始める春斗だが……もう全て遅すぎること。

「これなら放送事故を起こしちゃうのも納得だねえ。ね？　今ブイブイ言わせてる鬼ちゃん」

「なっ、なななななんのことですか⁉　自分はそんなのじゃないです……！」

「じゃあその盾に入ってる名前、見せてもらってもいい？」

「……ダ、ダメです！」

絶対に見られないようにギュッと力を入れながら、首を横に振る。

「じゃあそのPCを起動してもらって、ABEXのアカウントを確認させてもらってもいい？」

「ダメです……」

「チームメイトの綾《あや》っちと鬼ちゃんが交流を取ってることは知ってるから、そっちに確認する方法もあるなあ～」

「………………」

「にひひ、もう詰んでるから観念しよ？　鬼ちゃん」

ニッコリと八重歯を見せて1歩、また1歩と近づいていくリナは、明るい声色で言葉を続けるのだ。

「――ってことで、会えて光栄だよ。マジで」

そして、握手の手を伸ばして。

「……」

「……」

視線を下に向けてその華奢《きやしや》な手に、次に上に向けてリナの顔に。

この間に誤魔化しの言葉をどうにか考える春斗だったが……無理だった。なにも案が浮かばなかった。

言い逃れできない状態なのは、本人が一番わかっていることでもあったのだから。

「あ、あの……はい。リナさんからそう言ってもらえて、本当嬉《うれ》しいです……」

素直に観念した。

差し出されたその手を握り、気恥ずかしく思いながら言葉を返すのだ。

「ぶっちゃけた話、放送事故を知る前までは『なんだコイツー』って思ってたけどね。鬼ちゃんのことは」

「ほ、本当にそれは当然のことだと思います……。はい……」

これればかりは弁明のしようも、合わせる顔もない。

「まあプレイ人口の8割9割が男性のゲームで、同性の配信者が数字取るってなったらもう強いキャラ立ちが必要だもんねえ……。VTuberとか、顔出し配信じゃないなら特にさ」

「最初は普通に配信してたんですけど、案の定でした」

「だろうねえ」

闇雲に配信してチャンネル登録者数が伸びるならば、リナだって分析するようなことはしていない。

キャラ立ちさせるようなこともしていない。

「っと、ごめんごめん。ずっと手握りっぱなしだった。……マジで骨ばってんね、男の手って。あとはデカいっていうか」

「えっと、他の男性と比べて自分の手……違和感あります？」

「……ん!?　あ、同じくらい同じくらい！」

「なら安心しました。異様にゴツゴツしてたら気持ち悪いこともあるのかなって思って……」

「ふ、普通にいい手だから安心してもらって！」

「はは、ありがとうございます」

恋愛経験も、さらに踏み込んだ関係も豊富。

そんなキャラを上手に立てているリナで――当たり前にそう信じている春斗《はると》だからこその質問だった。

「んー。あー。それでなんだっけ。ちょっと待ってね。鬼ちゃんに一番話したいことド忘れしちゃって」

「思い出した時に言ってもらえたら大丈夫ですよ」

「――あっ！　思い出した思い出した！　今日は鬼ちゃんに絶対聞こうと思うことがあってさ」

『絶対話す』と心に決めていたことで、すぐに思い出したリナは、紆余《うよ》曲折《きょくせつ》ながらも本題に移った。

「来月のことなんだけど、配信者《ストリーマー》限定の大会があるじゃん？　えべまつりってやつ」

「あっ、そうですね！　もちろん知ってます」

「もしその大会に出てほしいってあたしがお願いしたら……鬼ちゃんは前向きに考えてくれたりする？」

「え!?」

「まだ確定じゃないんだけど、あたしと綾っちと鬼ちゃんの3人チームってことで」

「…………」

この瞬間、頭が真っ白になる春斗である。

『煽《あお》り』を扱っているだけあって、このような大会には一度も招待されたことがなかったのだ。

いや、招待されないのが当然なのだ。

そんな手の届かないもの——同業者がワイワイと楽しみ、全員が一体となってたくさんの視聴者を盛り上げている大会には当然、憧れもあった。

さらにはAxcis crownという名門のプロチームに所属している二人と一緒に戦えるという状況。

物事の整理に時間を使ってしまうのは仕方がないこと。

「す、すみません。冗談なんかではなく……ですか？　今までこのような機会がなかったので、なかなか信じられなくて……」

「もちろん本気だから安心して。てか、鬼ちゃんがいてくれたら大会が盛り上がること間違いないしね」

「あ、ありがとうございますっ！　ではリナさん達《たち》がご迷惑でないのなら、是非参加させていただけたらと……」

「にひひ、ＯＫ。じゃあもうちょっとしたら運営さんからメッセージが届くはずだから、その時はやり取りよろしく。大会での鬼ちゃんの立ち回りは今後に要相談ってことで」

「わ、わかりました！」

嬉しさを爆発させるように目を輝かせる春斗を見て、心の底から嬉しくなる。

誘ってよかったと思う。

「リナさん、本当にありがとうございます!!」

「っ、うんうん……」

そして、そんなリナに再び握手を求めるように両手を伸ばす春斗。

動作からも『ありがとう』を伝えるその気持ちに応えるように、片手を伸ばせば――大きな両手で包まれる。

「あの、本当にすごいですね……。リナさんの権限といいますか……」

「そうカッコつけたいとこなんだけど……ただワガママ言っただけなんだよね。今日外出したのはソレに関係してたりねえ……？」

――意識が手の感触に向いてしまう。

「そうだったんですか⁉」

「い、今こんなに勢いがあって、周りの印象も良くなってる鬼ちゃんが、参加しないのはホント勿体《もったい》ないことだし……さあ？」

――意識が完全にもう手の感触に向いてしまう。

長い時間をかけて作り上げた『経験豊富』の仮面にヒビが入る音が幻聴で聞こえるリナ。

「え、えっとさ、だからつまり……」

ヘルプを要請するように包まれた手をプルプル動かせば、「あっ！」と気づきの声を聞いた後、たくましい両手に包まれていた右手が解放されるのだった……。

普段はキャラに因《ちな》んでグータッチで挨拶を済ませているリナ。

手をこんな風にされた経験が浅すぎるために、心臓が口から飛び出してしまいそうな状態になるリナでもあった。

この家にお邪魔して何時間過ごしただろうか――。

「今日はホントありがとね。簡単に挨拶を済ませて帰るつもりだったんだけど、結局こんな遅くまでお邪魔しちゃってさ」

「いえいえ、とんでもないです。むしろこちらこそありがとうございました。本当に楽しかったです。ね、ゆー？」

「うん！　またいつでも遊びに来てくださいね、リナお姉さん」

「にひひ、さんきゅね！」

ご丁寧に玄関先まで見送ってくれる春斗と柚乃に顔を向けながら、別れの挨拶を交わすリナがいた。

「ああそうだ。連絡先を交換したってことで、気軽にメッセージ飛ばしてくれていいからね。もちろんお兄さんも」

「はは、了解です」

「もし配信のことで困ったこととか悩みがあったら、あたしのことを頼ってくれていいからさ。こう見えても口は堅いから安心しーってことで」

「リナさんにそう言ってもらえると本当に助かります。では、もしもの時にはよろしくお願いします」

「OK！」

これにて言いたかったことを一通り伝えることができた。

（本当はもっと雑談とかしたいとこだけどねえ……）

長居させてもらっただけあって、『これ以上の迷惑をかけないように』という気持ちが働く。

別れがたいが、手短に切り上げるのが一番だと判断する。

「それじゃあ、時間も時間だし、お礼の品は美味《おい》しくいただきますってことで」

「わかりました。夜も遅い時間なので、お気をつけて」

「もち！」

「あ……リナお姉さん、もしよければ、自宅に着いた時に一つ連絡をもらえると嬉しいです。外も暗いので少し心配で」

「いやぁ、ホント二人して嬉しいこと言ってくれるねえ。じゃあ着いたらすぐ連絡を飛ばすようにするよ。……ってことで、バイちゃ～」

最後に柚乃《ゆの》の言葉に答えると、手を振りながらお別れを済ませ、帰路をゆっくり辿《たど》っていく。

そして、T字路の曲がり角に差しかかる寸前。

まだ見送ってくれている兄妹にもう一度だけ手を振り――ボソリと呟《つぶや》くのは死角に入っ

た時。

「マジ楽しかったねえ……。もうこんな時間だし」

左手首につけた腕時計に目を向ければ、ちょうど22時になったところ。

配信をするにももう遅い時間。

本当に『あっという間』の体感だった。

「それにしても、柚乃ちゃんのお兄ちゃんがブックカフェの店員さんで、あの鬼ちゃんだったとか……。生活圏が被《かぶ》ってるとはいえ、すごい偶然もあるもんだこと……」

さらに、こう思う。

(柚乃ちゃんに鬼ちゃん。会えてよかったよ。ホント)

料理仲間ができたこと。

気になっていた同業者と交流を取ることができたこと。

時間を忘れてしまうくらい楽しいトキを過ごせたこと。

それに加えて——。

「綾《あや》っちが言ってた通りの人だってことも身に沁《し》みてわかったしね。煽りキャラが全然合わないって」

配信で煽りを武器にしているため、そちらを擁護するのは難しいことだが、『それでもマジでいい人』というのが鬼ちゃんこと春斗に対する印象。

難しい年頃になっている妹にあれだけ尊敬されてもいたのだ。

実際に話を聞いて、贔屓目《ひいきめ》なしに当然のことだと思えた。

（……ふふ、もうちょっとお兄さんが柚乃ちゃんにガス抜きをさせるようにしたら、まだ素直になれると思うけどね）

今日の話を聞いて、リナが思ったことがこれ。

大きな、それは大きな恩を感じている柚乃で、一つ一つを返そうとしても、それを超えるスピードで春斗に恩を積まれてしまうということ。

処理が追いつかなくなることで、考えの通りにいかなくなることで、素直になれなくなってしまうということ。

『今はもう十分だから、恩も返せなくなるから、そんなことしないでよ……』と。

（時期が時期だから『もー』って思っちゃうよねえ……。その気持ちわかるよ、柚乃ちゃん）

リナの中にも、自分を嫌悪してしまう反抗期があったのだ。

今回、連絡先を交換したことも、『今後も一緒に料理を作れるように』という自身の楽しみを叶《かな》えつつ、春斗の代わりにガス抜きをする機会を作ってあげられたらと考えたから。

今日会ったばかりの柚乃だが、お節介を焼いてしまいたいくらいに、好ましく思っていたのだ。

（あのお兄さんの背中を見て育った結果ってとこなんだろうね）

そう結論づければ、パズルの最後のピースがハマったようにスッキリする。

「――綾っちが惚《ほ》れる理由も納得だこと」

お礼の品の紙袋を持つ手とは逆の手……。

春斗《はると》から両手で握られた手をグーパーと何度も動かしながら、あの時の感触を思い出す。

(柚乃ちゃんと同じように優しくされて、不意にこんなことされたんだろうね、綾っちも。……多分だけど)

経験豊富なんていうのはキャラを立たせるために作った偽りの姿。

本当は手繋《てつな》ぎだって効いてしまうくらいに、女子校出身の綾とどっこいどっこいの経験値なのだ。

「いつか素の口調のお兄さんとも話せるといいんだけどねえ……。あの人とは壁なく接したいし……」

願わくば……もっと仲良くなりたい。

仲良くなって、あの人のことをもっと知りたい。

(あたしがあのカフェに通えてたら、もっと早く関わることができたのにねえ……)

これを考えてもどうしようもなく、意味もないことだが、後悔のような気持ちが芽生える。

「って、今日寝られるかな。マジで……」

無意識に春斗のことばかり考えてしまっていた。

頭を働かせれば働かせるだけ、ゴツゴツして、大きくて、力強い男の手を意識してしまう。

「22歳でここまで耐性のない女っているのかね……。いや、いてくれないと困るわけだけど……」

人差し指で髪を巻き、なんとも言えない表情を浮かべながら、不安を吐露する。

また、この時ばかりは『経験豊富』というキャラにボロが出てもおかしくなかった危機について、二の次になっていたリナだった。

春斗とリナの出会いから1週間と少しが経《た》った平日。

スクリムに参加した時の動画を自宅にて見直そうとしていた矢先だった。

「あっ……」

スマホのスケジュールアプリから届いた通知を見て、真っ青になる綾がいた。

1秒が経つ毎《ごと》に冷や汗を流す綾がいた。

この時——頭から完全に抜け落ちていた予定を思い出し、追い込まれた彼女がすることはただ一つ。

誰かに相談に乗ってもらうこと。

それが一番だとわかっている綾は、すぐに行動に移すのだ。

『早く見てくれますように……』と祈りながらメッセージを送信し、画面をジーッと見て待機。

ソファーの上で女の子座りをしたまま、不動で。

「……」

ちゃんと通知が届くのだから、本来はこんなことをする意味がない。

なんとも非効率的な時間の過ごし方だが、そのくらい早く相談に乗ってほしいことの表れである。

「あ！」

綾がぱあっと明るい声を出したのは、その7分後。

『ＯＫＯＫ！　いつでもかけていいよん』の返信を見て、すぐに電話をかける。

その頼みの綱である人こそ——。

「リ、リナさんリナさん！　いきなり本当ごめんね!?」

「いやいや、暇してたから全然だいじょぶ」

それはもう頼りにしている先輩。

先日、70万のチャンネル登録者数を突破したリナである。

「あ、そうそう。この前のスクリムは本当ありがとね。本番じゃないにしても、おかげさまで総合3位と」

「こちらこそ！　気が早いっちゃけど、うちもう祝賀会？　祝勝会？　ばり楽しみにしとる！」

「にひひ、なんといっても千夜《オーナー》さんの奢《おご》りだからねえ。遠慮なしでめちゃくちゃ食べてやろーね？」

「うんっ!!」

『いい成績が取れたらご馳走《ちそう》を』

これがチームメイト兼Axcis crownのオーナー、千夜の方針。

練習試合の類いではあったが、スクリム運営により配信もされて、たくさんの視聴者が集まった大会でもある。チームの名前をさらに広めることができたことも加味され、ご馳走してもらえることになったのだ。

「っと、それじゃあ脱線はこの辺にして……今日はどしたの？　あたしに相談したいことがあるって」

簡単な挨拶に区切りがついたタイミングで上手に本題の件に繋げたリナに対し、綾はおずおずと口を開く。

「え、えっとね？　本当の本当に困らせること聞くっちゃけど……男の人と二人で遊ぶ時って……どんな場所がよかですかね？」

「…………はい？」

「お、おおおお男の人と二人で遊ぶ時ってどんな場所がよかですかね⁉」

なんの脈絡もない、突然な内容だというのは綾自身わかっていたこと。

聞き返されることは予想していたが、重要な相談ごと。

あわあわしながらも、大きな声を出して再度伝えたのだ。

「へえ〜。それはつまり綾っちにデートする予定があるってことなんだ？」

「た、ただ二人で遊びに行くだけばい！　簡単に経緯を説明すると、とある件があって『お礼したい』って言ってもらって、『じゃあ遊ぼう！』ってうちが誘って……！」

「それデートじゃん」

「あ、相手はそう思っとらんけん、そうじゃなかと！」

「ふーん。そういうもんかねえ」

「そ、そういうもんたい」

なんて断言するものの、『デートだ』とひっそり考えている綾ではある。

「ちなみにデートの日は決まってるん？」

「ううん……。まだ正式には決まってないっちゃけど、できるだけ早い方がいいなあって
ワガママがあって……」

「ひひ、そりゃそうだ」

『正式に決まってないなら、慌てて連絡する必要もないんじゃ？』というような意見もあ
るだろう。

しかし、それでは『後ろ倒しになってしまう』という事態にもなり得るのだ。

どうしてもデートがしたい綾《あや》にとって、それだけは絶対に避けたいこと。

「とりあえず言いたいことが二つあるんだけど、まずは大事な予定はもっと早く段取り組
んだ方がいいよ？　綾っちにしてはめっちゃ珍しいミスだけど」

「う、うん……。最近はお仕事でいっぱいになってたけん、すっぽり抜けとって……」

大学に通いつつ、案件にコラボ配信にスクリムに、たくさんの用事が入っていた綾なの
だ。

『デートの予定』に現《うつつ》を抜かしていたら、周りに迷惑をかけてしまうばかりの仕事量。

配信者としても、プロとしても自覚のある綾は、できるだけ考えないように意識していた。

その結果、こうなってしまったわけでもある。

「それであたしが言いたいことの二つ目なんだけど、特にこっちが言いたいことなんだけど、綾っちは相談する相手間違ってない？　あたしマジでデートの経験ないから、配信でする時と同じようにネットで拾ってきたやつを言う感じになるんだけど……」

「全然大丈夫よ！　『リナさんに相談に乗ってもらったおかげでデート成功した！』って視聴者さんがTwitto《ツィット》で呟《つぶや》いとるの見たことあるけん!!」

「……ま、まあ綾っちがいいならいいんだけどさ」

『恋愛経験が豊富な人が言うんだから』と、リナの言葉を半ば盲信的に取り入れる視聴者達だが、綾はリナの秘密を知っている。

つまり『恋愛をしていない人』の言葉として取り入れることになるのだ。

このリナの心配が出るのは自然なこと。

「じゃああたしと一緒にデートプラン考えよっか？　パソコン持ってくるからちょい待っててて」

「本当にありがとう……!!」

「このお礼はデートの感想ってことで」

「わかった！　うちもパソコン持ってくるね！」

「ほいほい」

こんなやり取りの後、お互いにノートパソコンを膝に置き、デートプランを話し合っていく。

やはりと言うべきところで話が詰まったのは行き先。

どこをメインに回るのか、というところ。

お互いがいろいろな意見を出し合い続けること10分。この現状を打開したのは、リナの言葉だった。

「あ、今思えば水族館は断トツでアリじゃない？　ネット情報によると、自然と距離が縮まりやすい、ランチやディナーに誘いやすい、会話に困らないから緊張せずに楽しめる……って書いてるけど、これ間違いなさそうだし」

「っ！　確かに水族館は本当にいいかも！　うちが水族館行きたいっ!!」

「ふふ、じゃあデート相手に魚に興味あるか聞いて、もし興味あるって答えたら――」

「――水族館にするねっ！」

テーマパークや遊園地という案もあったが、『もし会話が弾まなかった時は……』という不安から一旦保留となったのだ。

この不安がない場というだけで、優先順位が当たり前に高くなる。

「初めてのデートだと半日くらいで済ませる方が次に繋がりやすいらしいから、お昼頃に集合、簡単にショッピングして、水族館なら水族館に行って、ご飯を食べて解散って流れがベストだろうね」

「リ、リナさん、その案を全部もらったりすることって……」

「どうしよっかねえ。正直、デートするのズルいし～」

「い、意地悪せんでよぉ……」

「にひひ、冗談だって冗談。自由にしてもらって」

それはもう弱々しい声を漏らす綾に、からかうように笑うリナである。

力になる気がなかったら、この相談に乗ることはないのだから。

「楽しめるといいね、鬼ちゃんとのデート」

「うんっ！　もし失敗した時はリナさんのお家に行って、慰めてもらうけん！」

「いやあ、春斗《はると》さんが相手ならそこは大丈夫でしょ」

「……」

「……」

「…………」

「…………」

口を閉じることで頭を働かせることに集中すること少し。

「へっ!?」

ようやく気づき――驚く綾である。

「リ、リリリリナさんどうして知っとうと⁉　鬼ちゃんの名前……!!」

「これはめちゃくちゃ偶然なんだけど、鬼ちゃんのウチにお邪魔する機会があってさ。可愛《かわい》い妹さんとも会ったよ」

「なっ……な、なんでそんなに進展しとうと⁉　うちまだ妹さんに会ったこともないっちゃけど!!」

「詳しいことは鬼ちゃんに聞いてみてってことで、一つ話題が増えてよかったんじゃない？」

「それは……んんぅそうやけど！」

確かに話題が増えたのは嬉《うれ》しいことだが、それよりも強い気持ちとしてあるのが焦りである。

春斗と関わった期間は間違いなく綾の方が長い。それなのに、家にまでお邪魔していて、大切にしている妹とまで会っているリナなのだから。

「ぷっ、そんなモヤモヤしなくてもいいのに。綾っちはデートするんだから」

「リ、リナさんは……狙っとうとか……ないよね？」

「もしそうだったら快く相談になんか乗れないって。そもそもえっちするのが怖くて恋愛できないあたしなんだから」

「本当狙ってないやろうね⁉」

「ホントだってホント」

２回確認をして、二度返事を聞き、やっと安堵《あんど》する綾。

リナがどれだけ素敵な人なのかは、当然知っているのだ。

そんな人のライバルになるというのは、やはり恐れ多いもの。

「ね、リナさんが春斗さんと会った感想はどうやった……？」

「そうだねえ。お世辞抜きで綾っちが興味持つのも納得ってくらいに素敵な人だと思ったよ。ホントに」

「そ、そっか……」

好意を持っている相手。春斗が褒められるというのは、なんとも嬉しいこと。

それもリナという素敵な人がそう言ってくれたのだ。

頬を緩ませながら幸せな空気を充満させる綾だったが——すぐに冷静になって頭を働かせる。

「って、その感想ならやっぱり狙っとうやろ!?」

「にひひ、うちが狙ってるって思うならデートはちゃんと頑張らないとダメだよ？　綾っち」

「っ！」

「これでも成功するように祈ってるかんね」

そんなニマニマとした声を耳に入れる綾は、本番の日を想像したように「は、はいっ！」と、緊張を露《あら》わにした返事をする。

「いやいや、そんなに気構えちゃったら当日まで体が持たないって」

当然ながら、リナにツッコミを入れられる綾だった。

∮

その日の夜。

「あれ、なんか俺引くほど調子いいんだけど。調子良すぎてこんなことしちゃう」

ABEXでソロプレイ配信をする春斗こと鬼ちゃんは、青空に銃弾を放ちながら戦場を駆け巡っていた。

【位置バレるからやめろってwww】

【前もそんなことして倒されてたろお前（笑）】

【そんなことするからチャンピオン取れねえんだよw】

【せめて全回復させとけマジでww】

「ほらほらほらほらあ！……あっ、ちょっとこれやりすぎ……」

無駄撃ちを続けていたところ、鬼ちゃんはなんとも情けない声を漏らす。

一つのことに夢中になっていた結果、画面左下に表示されていたメイン武器の弾数、210発がたったの30発に。

数発外しただけで敵を倒すことが不可能になる弾数に。

自ら取った行動だが――正直、ヒヤッとする事態である。

落ち着きを取り戻すために安定のコメントを流し見れば――。

【さすがに弾数は見とけって（笑）】

【なんでそんなに気づくの遅ぇんだ！】

【本物のポンコツだわ……】

【妹さんの苦労がわかるよな……。こういうところで】

すぐにツッコミを入れるべきものを見つける。

「おい誰がポンコツや。って、妹の話題は出すんじゃねえよ」

鬼ちゃんの中で絶対に話題に出してほしくないのは、触れてほしくないのはこれ。妹に関すること。

「そもそもこれもわざとだから。まあ見といてくれ。ザコ相手にはこの弾数で十分なんだからよ」

【あからさまにやっちまったって声出てたけどなww】

【まあ頑張れ！】

【喋《しゃべ》ってる暇あれば早く物資漁《あさ》ってこいよ（笑）】

【最上位帯でこれはもう頭おかしいってw】

弾を拾いにいく選択肢もあるが、エンタメも大事にしている鬼ちゃんである。

そんなことをすれば興醒《きょうざ》めだろう。

今、一番配信を盛り上げる方法はこの物資量で敵を倒し、すぐに敵の物資を漁るというもの。

最上位のランク帯。無論、相手は強敵である。ふざけたままで勝てるはずがない。

「さてと……」

スイッチを切り替えるように、回復を入れながらおちゃらけた声色を真剣なものに変えた途端。

【鬼ちゃんの本気モードきたあああ！】

【ずっとそうやってやってくれよw】

【神プレイ期待！】

【魅せてくれ！】

視聴者もこれから本気を出すことを察したのか、コメントの流れが急激に速くなる。

「ああ、見とけお前ら！　ザコ共ぶっ倒してやっから!!」

そのコメントをチラ見し、鼓舞するように声を荒らげた瞬間だった。

バシュンとの銃弾を食らう鈍い音声。そして、確定キルを入れられた鋭い音声が続き
――『GAME OVER』の文字。

「ハッ!?」

意味のわからない現象。

すぐに死亡ログを確認して原因を知る。

このゲームで一番のダメージ量を誇るスナイパーライフル、クレイバーによるヘッドショット。

理不尽とも言える一撃死である。

「………………」

呆然《ぼうぜん》と画面を見つめる中、コメントはさらなる勢いで流れる。

【草】

【お前wwww】

【ざけんなマジで（笑）】

【無駄撃ちして場所知らせるからwww】

【ざまみろww】

ファンもアンチも大盛り上がりである。

配信者的にはオイシイ展開だと言えるが、鬼ちゃん的には本気スイッチを入れ直したところ。

本気で戦おうとしていたところ。

机をドンと叩《たた》いて悔しさを露わに、スタート画面に戻って言う。

「はい……。質問たーいむ……」

【ガチ萎えしてて草】

【鬼ちゃん可愛い（笑）】

【さすがに自業自得やろ ww】

【まああそこでクレイバーは想像できんわな w】

コメントの通り、少し萎えてしまった鬼ちゃんである。

予定にはなかったことだが、調子を取り戻すまではコレで場を繋《つな》ぐことにする。

「ほら、なんか質問してくれていいぞー」

チャットが流れるモニターに注視し、投げ銭されたコメントを拾っていく。

「えっと……『応援してます。配信も週6のお仕事も引き続き頑張ってください』って、そのコメントに5000円も払うならその……せめてなんか質問してくれよ。こっちは待ってんだから。とりあえずお前の名前は覚えたからノーマルチャットの方にでも質問あれば書いててくれ。優先的に拾うから」

【照れてら www】

【嬉しそう（笑）】

【めちゃくちゃ私生活バレてる w】

【改めてめちゃくちゃ忙しい生活送ってんのなコイツ】

放送事故でもういろいろバレてしまった鬼ちゃんなのだ。

それでも本当に幸いだったのは、身バレするような情報がなにも流れなかったこと。

「次は……『古参です』って、だからなんだよ。お前も質問してくれよ。……まあその、いつもどうも。俺がチャンピオン取った時、お前がめちゃくちゃ『8888888』って拍手コメしてたの知ってるわ」

【認知されてて草】

【なんか知らんけど羨ましい】

【案外視聴者の名前覚えてるぞ鬼ちゃんは】

【絶対キャラ設定間違えてるだろ（笑）】

お金の大切さは誰よりも知っている鬼ちゃんなのだ。

投げ銭チャットをしてくれる視聴者の名前は、できるだけ覚えるように努めているわけである。

「んで次は……『妹ちゃんのご褒美代』か。はあ……。なにがとは言わんけど、じゃあシュークリーム買わせてもらうわ。とりあえずTwitto《ツィット》にシュークリームの写真載っけるからまあ見てくれな」

【そんな律儀にせんでも（笑）】

【わざわざ証拠上げるのアンタだけやでマジでw】

【とか言って自分で食うやつだったり】

【コイツに限ってそれはないw】

「……」

なぜか見透かしている視聴者のコメントは見ないように質問タイムを続けること6分。

「――ッ」

想定していた投げ銭の質問が届く。

「『来月にあるえべまつりに参加しないんですか？』……ああ、そんな声は届いてねえよ。みんながワイワイしてる間、俺は飯食っとくわ」

これは内密にしなければいけないこと。今はまだ誰にも明かさないように言われていること。

あらかじめ台本にも書いてボロを出さないようにしていること。

【そりゃ当然だな（笑）】

【日頃の行いやw】

【ええ……。参加してほしいけどなぁ……】

【20万人登録者がいても声かからんもんなのか……】

前者二つのコメントには返す言葉もない。鬼ちゃんだって今までずっとそう思っていたこと。

そして、残念がってくれているコメントを見られるのは嬉《うれ》しいもの。

「仮に俺が参加するってなったらお前ら応援してくれるか？」

【嫌】

【無理】

【やだ】

【さすがにそれは】

「……」

先ほどまでの優しいコメントはどこへ行ったのか——拒否のコメントがズラズラと並ぶ。

もう本当に扱いがわからない視聴者であり、先ほどとのギャップに傷つく。

「じゃあもういい。はい次の質問」

えべまつりに出場することは裏で決まっているのだ。

傷を深めないために話題を変える。

「んと、『鬼ちゃんは最近女の子とリアルで遊びましたか』って、なんか今までと毛色の違う質問だな……」

普段聞かれないようなことだからこそ、『みんな興味あるのかな?』と不安になる鬼ちゃんだが、周りの反応を見てそうじゃないことを知る。

【そう言えば鬼ちゃんのこと聞いてなかったね！】

【マジで気になる（笑）】

【正直、イケメンみがあるんよな】

【早く答えろ！】

「……お前らどんだけリアルの俺に興味あるんだよ」

興味を持たれていないよりは、持たれていた方がいいに決まっている。

この嬉しさを隠しながら、素直に答える鬼ちゃんである。

「まあその、さっきの質問についてだけど、最近もなにもデートとか1回もしたことねえよ。ガチで」

本当は嘘《うそ》の一つでもついて見栄《みえ》を張りたいところだが、貴重なお金をいただいての質問。答えられるところは正直に答えて、筋を通すべきだと考えていて——。

【はwww】

【1回も!?】

【それマジ言ってんのw】

【全然モテてねぇやん!】

——予想通りのコメントを目にすることになる。

「いやいや、待ってくれ。お前らそうやってめちゃくちゃ笑ってるけど、実際俺と同じやつも多いだろ? 正直に言ってみろよ」

【マジでデートはある】

【昨日遊んだ】

【二対二のダブルデートしてきた】

【1年前だけど遊んだ】

モニターに注視して流れる文字を確認していたが、経験派が多いような印象。

「は? それマジ言ってんの? 絶対強がってるだろおい……。ちょっとアンケ取らせてくれ」

MouTubeのシステムを使い、異性と遊んだことがあるか『はい』と『いいえ』の二択を表示させる。

結果、遊んだことがあるが80%。遊んだことがないが20%。圧倒的な差がそこにはあった。

「え、こ、これ……さすがに嘘でしょ？」

思わず素の口調が出てしまう。目を擦《こす》って改めて確認するも、見間違いなどということはなかった。

【逆にこのキャラでめちゃくちゃウブってマジかよw】

【鬼ちゃん本当可愛《かわい》いよ（笑）】

【忙しすぎて遊べてないだけ説】

【じゃあ鬼ちゃんDTで草】

【DTじゃん（笑）】

【ドーテーwww】

そして、最悪な流れが生まれてしまう。絶対にツッコまれたくなかったコメントを大量に流される。

「……今日はもう配信やめる。バカが」

本当に効く内容なのだ。

これ以上配信を続けたら、さらに流されることを確信したのだ。

お別れを言い、すぐに配信を切った鬼ちゃんである。

【wwww】

【逃げた（笑）】

【どんだけ効いてんだw】

【マジでオモロいな鬼ちゃんww】

配信を切ってもなお視聴者の数は減らず、コメント欄は笑いの内容で溢《あふ》れ、もう目では追えないほど。

「はあ……」

モニターを見ないように両手で顔を覆う春斗《はると》は、恥ずかしさを逃すようなため息を吐《つ》く。

……あと少しと迫った綾《あや》との遊び。

この時、変に意識してしまう春斗だった。

そして──すぐに切り抜き動画が上げられ、鬼ちゃんのTwitto《ツイット》が荒らされてしまうのであった。

第四章　デート一

それから3日が過ぎた約束の日。

春斗にとって唯一の休日でもある土曜日。その13時前の時間帯である。

「お兄ちゃんよかったね。遊びに誘ってもらって」

「ははっ、うん！　本当に嬉しいよ」

ウキウキで外出の準備を進めている春斗と、リビングで高校の課題に取り組んでいる柚《ゆ》乃《の》は、普段通りの仲良いやり取りを交わしていた。

「お兄ちゃんが私や涼羽《すずは》ちゃん以外の人と遊ぶのってもう何年ぶりかじゃない……？

ずっとお仕事に力入れてくれたし」

「あー、言われてみたらそうかも」

「……一応言っとくけど、はしゃいで迷惑かけないようにね」

「もちろんだって！」

この間も笑顔を絶やさずに手を動かす春斗。

『いくらなんでも喜びすぎだろう』とツッコまれてもおかしくないが、春斗にとってはこのようになるのが自然なのだ。

高校生の時からずっと遊びの誘いを断り、生活のためにバイトを優先していたことで。

この行動を取れば当然、友達から誘われる回数も減っていく。

最終的に『どうせ断られるから』と誘われる回数がゼロになる。

そんな毎日を続けて高校を卒業したのが春斗で、卒業後も生活のために一生懸命カフェで働き、趣味でもあったゲームをどうにかお金にすることができないかと始めたのが配信するに至った経緯なのだ。

バイト以外に熱を入れるようなことをすれば、唯一の仕事外である土曜日も休みとは言えなくなる。

高校時代と同じように、一緒に出かけられる友達も作れなくなるのだから。

「元気な返事が逆に心配だよ。私は」

「そ、そこは心配しないでもらって……」

そんな苦労人の春斗だが、配信が軌道に乗ったことで、誘いを受けられる余裕が出たのだ。

つまり、ただの遊びでも本人にとっては貴重なもの。ただの遊びでも当時の青春を取り戻していくようなもの。

それが今の感覚なのだ。

「お兄ちゃん、今日の夜ご飯用意しなくていいんだよね？」

「別で食べてくるから大丈夫だよ。あっ、それで今日は涼羽ちゃんがお泊まりに来るって言ってたよね？」

「そうだけど、なにか問題あった？　もしかして夜に配信の予定入れちゃった？」

「ううん、そうじゃなくて、今日の夜は遠慮なくデリバリーとか頼んでいいからねって言いたくて。そっちの方が盛り上がるだろうし」

「じゃあもしもの時はそうする」

「ゆーも休日楽しんでね」

「言われなくてもわかってるって。それでお家は何時に出るの？」

「14時集合だから、13時30分に出る予定だよ。15分前には着くようにしたいから」

「じゃあ30分までに忘れ物確認を2回すること。そうやって舞い上がってる時、絶対うっかりするから」

「あはは、3回確認します」

「ん、そうして」

ご機嫌な春斗に水を差すように言う柚乃だが、攻撃する意図は全くない。

『貴重な時間だから、絶対に楽しんでほしい』という善意である。

無論、その気持ちは伝わっている。

「あとお兄ちゃん、話変わるんだけど今度一緒に服買いに行こ」

「……え？　それって、この服が変だからって意味じゃないよね？」

「なんでそうなるの……。その服は似合ってるでしょ。シンプルなんだから」

「それを聞いて安心したよ」

Tシャツに七分袖のジャケット、ショルダーバッグを合わせ、下は長ズボン。

身長が高い春斗なだけあって、十分さまになっている。

「ただ、これからお兄ちゃんの遊ぶ機会も増えるかもでしょ？　仕事場でも着ていけるんだから、少し多めに持っておいて損ないよ」

「わかった。じゃあゆーの服も含めて見に行こっか。もしよかったら、涼羽ちゃんも一緒に」

「じゃあ行けそうな日を早めに教えてよ。涼羽ちゃんに連絡するから」

「了解！」

両手で丸を作って返事する春斗。これを見てさらに舞い上がらせてしまったと少し後悔する柚乃だった。

「っと、課題中なのにごめんね。こんなに喋《しゃべ》りかけちゃって」

「手を動かせないわけじゃないから全然いいよ。そもそも喋りかけたの私が先だし」

「じゃあもっと話していい？」

「なにその質問……。好きにしたらって言いたいところだけど、まず準備終わらせて忘れ物ないか確認して」

「うん、すぐ終わらせるよ！」

なにか自室に必要なものがあったのだろう。早足でリビングを抜けていった春斗である。

「はあ……。本当忘れ物しそー」

静かになったリビングで、ジト目を作りながらため息を漏らす柚乃。

ただ、できるだけ多く会話の時間を作ろうとしてくれているのは嬉《うれ》しいこと。

なんとも言えない気持ちを隠すように頬杖《ほおづえ》をつき、春斗が出す物音をＢＧＭにしながら一旦課題を進めること数分。

リビングに戻ってきた春斗と家族団欒《だんらん》の時間を過ごすのだった。

∮

そうして自宅を出てすぐのこと。

「まさか本当に同業さんと一緒に遊びに行ける機会があるなんて……」

集合場所の駅に向かいながらしみじみ呟《つぶや》くのは、忘れ物チェックを完璧に終わらせた春斗である。

配信スタイルが配信スタイルで、自身の中でも擁護できるようなやり方でもないため、配信界隈《かいわい》では当然ながら敬遠されていた。

『周りの配信者と同じようなことができるとは思ってなかった』からこそ、こうして予定合わせをして遊べるとは思っていなかった。

ようやくその実感が湧いてきたところだった。

「嬉しいな、本当」

少しでも気を緩めれば、だらしない顔になってしまいそうに。

——そして、柚乃には言わなかったこと。

「はあ……」

前に綾が言っていたことを思い浮かべた瞬間——緊張で息が苦しくなるのだ。

『あぁもう！　終わったぁ……。うちの人生終わったぁ……！　なんでよりにもよって恋愛相談した相手が春斗さんやとよ……!!　じ、じゃあその……全部バレとるよね!?』

震えた声になって、『顔が真っ赤たい』と自分で認めていて。

『う、うち……春斗さんのことが好きなわけじゃないけんね!?　相談した通り、気になってるだけ!!　よか!?』

慌ててこのように弁明していて。

「………」

家庭環境の関係で高校ではお金を稼ぐことばかり優先した。勉強はもう最低限に考え、恋愛を考える時間もなかった春斗なのだ。

恥ずかしながら初心《うぶ》であり、『気になっている』と言われるだけでどうしても意識が働いてしまう。

そんな相手から遊びに誘われたということで、『デート』の文字が浮かび上がってしまうのだ。

「と、とりあえずこのことはあまり考えないようにしないと……」

一人相撲になってしまった時はもう大変なのだ。

平常心を保つように深呼吸を入れる。

「とにかく緊張がバレないように……」

そんな心構えを持って待ち合わせ場所である駅の北口を視界に入れると——見つけた。

白の半袖と薄手の羽織り、丈の短いブラウンのスカートを合わせる、綺麗《きれい》なコーディネートをした綾を。

姿勢をピンと正し、数秒置きに手で前髪を整えている彼女を。

可愛《かわい》らしい容姿から一際注目を集めている彼女だが——周りからは『デート待ち』と思われているのだろうか、綾を避けるようにして別の女性に声をかけているナンパ師も目についた。

「はは……。白雪《しらゆき》さんもなんだ……」

『安心する』というと酷《ひど》い例えになってしまうが、自分以上に緊張をしている相手を見ると、少し心に余裕が出てくる。

緊張の糸がほぐれて、自然に笑うことができた。

「よし……」

心の準備を終わらせるように小さく声を出し、近づいていく。

ちょうど良い距離感になって「白雪さーん」と呼びかければ、ビクッと肩を上げて目が合う。

途端、『あっ』とした口の形をして、小さな歩幅でトコトコと近づいてくる。

「は、春斗《はると》さん！　どどどどどうもです！　えっと、本日は大変お日柄も良く……!!」

「あはは、お日柄も良く」

初対面のような堅苦しすぎる挨拶だが、ガチガチになっているのは見ての通り。こればかりは仕方がないことだろう。

もしこちらが先に着いて待っているようなことがあれば、逆の立場になっていたのかもしれない。

そんなことを考えながら、言葉を続ける。

「ごめんね、待たせちゃって」

「う、ううん！　うちも今来たところやけん全然！」

首を左右に振りながら否定しているが、『今来たところでない』というのは、待っていた様子から大体察せられること。

気を遣った言葉であるために、素直に受け取るべき言葉なのかもしれないことを理解しつつも――。

「ならよかった。……でも、ありがとうね」

「ぁ、うん……」

お礼を伝えれば、意図が伝わったようにコクッと頷《うなず》く綾《あや》。

バレたことが恥ずかしかったのか、赤くなった頬を両手で押さえてムニムニと動かし始めた。

　こうして接してみるとなおさら余裕がないことが伝わってくる。

　そんな彼女に対し、慣れないながらもリードしようとする春斗である。

「ね、白雪さん。一旦駅で簡単に中のお店を見て回らない？　そっちの方が気楽に会話できるかも。なんて言う自分も緊張してるんだけどね。はは」

「そ、そうしてくれる……？って、春斗さんが緊張しとるのは絶対に嘘《うそ》やろ……！　余裕がぷんぷんなの伝わってくるもん」

「そう思うでしょ？　でも実際はこうだよ」

　自分よりも緊張している相手を見つけたことで、心に余裕が出たのは間違いない。

　ただ、どうしても取り繕えない部分はある。

　男としては恥ずかしいところだけに、あまり教えたくなかったことだが、こちらの緊張を伝えることが綾の緊張を解く鍵になるのは、逆の立場で実感したこと。

「――ほら」

「あっ……」

　顔を横に向けて片耳を少し見せれば、目を丸くする綾がいた。

「な、なんでそんなに赤いと!?」

「本当に緊張してるからで……」

「それにしては……んんぅ、余裕のある姿とのギャップがすごいとよねぇ、今の春斗さん。

うちと顔を合わせる前に耳を引っ張ったりして赤くしてそう……」

「ちょっ！」

『むー』と怪訝《けげん》そうな表情で様子を探っている綾は、ここで予想外の行動をする。

自分の耳を片手で摘《つま》み、もう片方の手でこちらの耳を摘んできたのだ。

赤くなっているのなら、熱さが違うはず。なんて確認なのだろうが、いきなり触れられ心臓が跳ね上がる。

「し、白雪さんのそれ……わざと緊張させるためだったら仕返しするからね？」

「えっ!?」

横目を向ければ、上目遣いの彼女と目が合う。

春斗が視線を綾の耳に向ければ、発した意味にようやく気づいたのだろう。

「あっ、こ、ここここれはその！　春斗さんが悪いやろう!?　確認したくなることするっちゃもん！　だ、だからこれはお互い様！　うん……！」

パッと手を離し、あわあわしながら早口で弁明の言葉を伝えてくる。

確かに一理あるような意見だが、あまりにも大胆が過ぎるだろう。

「ちなみに……白雪さんの判定は？」

「……し、白やと思ったけん、もっと緊張させられたったい」

「そ、そこは和らぐところじゃ!?」

「うちはそうならんとよ……」

ここでの『白』は『本当』だという意味。つまり、正解をちゃんと導き出した綾でもあるが、想定していなかった言葉を聞くことになった。

「や、やけん……早速駅の中に行こっ……！　このままじゃ、春斗さんにやられっぱなしになるのが目に見えとるけんね！」

「あ、はは……。自分も賛成」

やられっぱなしと言うが、耳を摘まれたことで逆にやられた春斗でもある。

頬を掻《か》く春斗と、両手を重ね合わせてモジモジとさせる綾。

お互いの行動は全く違うが、今襲われている気持ちは同じ。

肩を並べて駅構内に向かっていく中、歩くペースがぴったり同じな二人でもあった。

∮

「あ、あの……春斗さん。今日のプランはメッセージに送った通りで本当によかと……？　もし春斗さんが行きたい場所があったらそっちに寄るけん、遠慮なく言うとよ？」

「いや、全然大丈夫だよ。むしろ今日のプランを本当に楽しみにしてたくらいで」

ガヤガヤと賑《にぎ》わいのある駅構内に作られた商店街。その一角にあるご当地銘菓の商品を見ながら早速雑談を交わす二人。

「……そ、そう？　うちなりに一生懸命考えたけん、プランに自信がないわけじゃないっちゃけど、やっぱりその……心配で……。こうして男の人と二人で遊ぶことは初めてやけん……」

今の顔をあまり見られたくないのか、陳列された銘菓を見ながらおずおずと伝えてくる綾。

正直、その気持ちは理解できる。

もしこちらが誘う側だったら、きっと同じことを感じていただろう。

そう思う春斗が考えることは一つ。

今抱えている不安をできるだけ取り除くためには……ということ。

「白雪さんが心配することは本当になにもないよ。あまり信じてもらえないかもだけど、もし今日を楽しみにしてなかったら、家を出る前に妹から注意されることは絶対になかったし」

「え？　は、春斗さん妹さんに注意されたと!?」

「この年で言われるのは本当に情けないんだけど、『はしゃいで迷惑かけないように』って」

言葉の通り、20歳でされるような注意ではない。

恥ずかしさを誤魔化すためにおどけて言うも、効果は抜群だった。

「ふふふっ、それを聞いて少し心が軽くなったかも」

肩の荷が少し下りたような柔らかい笑顔を見られたことで。

このように気持ちを前に出してもらえると、『言ってよかった』と素直に思える。

「なんだかごめんねっ？　うちのために教えてくれて。春斗さんのそういうところ、本当に素敵やと思う」

「そ、そう？」

「うんっ！　そうたい」

先ほどまで緊張を露《あら》わにしていた綾だが、もう褒め上手になっている。

言い換えれば、褒めることができるくらいに緊張が解けたということだろう。

「そんな春斗さんは……最近のお仕事どう？　無理なくできとる？　嫌なこととかない？」

「ん？　それってもしかして……先日の（配信）を、見たから聞いてたり？」

「さ、さあどうやろう。ただ、大変になっとるなあって思うこともあったりなかったり……」

「それもう絶対見てる人のセリフじゃん！　あっ！　だから緊張してるのかああやって確認したんだ!?（配信で）言ってたことが本当だったのか確認するために！」

「そ、それもどうやろうね……？」

なんて知らないフリをしながらも、バツが悪いようにプイッと顔を背ける綾。

完全に隠し切れていない人の反応だった。

「も、もう恥ずかしいな本当……」

つまりそれは未経験であることがバレてしまったということでもあり……。

「そ、そげん恥ずかしがることじゃ……って、うちは思っとるよ？」

「本当？」

「うん……。だ、だって、うちも男の人と二人で遊ぶのは初めてやし……経験したこともないもん……。やけん絶っっっ対、周りが進みすぎとるだけよっ」

力強く握り拳を作りながら、グイッと綺麗な顔を寄せてくる。

むず痒《がゆ》い話題ではあるが、ホッとする言葉である。

「そう聞くと安心するよ」

「アンケートの結果も、春斗さんをからかうために『はい』に票が集まったってうちは考えとるよ！　さすがに8割は高すぎるもん!!」

「それについては自分も高すぎるんじゃないかって思ってて」

「そうよね!? アーカイブであの結果を見た時、うちもうビックリして！」

お互いに似たり寄ったりの経験値だからこそ、話もこうして合う。

「で、でも……ね？　その……えへへ。今日でうち達《たち》もあっちの仲間入りやねっ？」

「白雪さんのおかげさまで」

「うちも春斗さんのおかげさまで！」

お互い成人しているとは思えない会話だが、春斗は学生の頃からバイトを第一優先にしてきたため、綾は女子校出身で出会いの場が少なかったため、こうしたやり取りにもなるのだ。

「あっ、そう言えば白雪《しらゆき》さんにまだ言ってなかったことが」

「うん？」

「(スクリム)総合3位おめでとう。最後まで応援してたから自分のことのように嬉《うれ》しかったよ」

スクリムというのは業界用語でもある。周りの人に聞かれることで身バレするキッカケを作らないように、しっかりと言葉を濁してお祝いの言葉を伝える。

「ありがとう！って、最後まで見てくれたと!?　(スクリム)3時間くらいあったやろ？」

「それはもう贔屓《ひいき》のチームがあったから」

「ふふっ、そう言われると良い気しかせんねっ」

その贔屓のチームとは無論、【Axcis crown】という綾が所属しているプロゲーミングチームである。

「これは改めて思ったんだけど白雪さんの対面能力本当すごいよね。一対一の撃ち合い、勝率8割くらいあったんじゃない？」

「春斗さんが応援してくれてるー！って思ったらなんか強くなったとよね」

「あはは、調子いいこと言って」

応援の気持ちが届くに越したことはないが、綾の言葉はわかりやすいくらいの後付け。

しかしながら、この軽口が言い合えたおかげで雰囲気が随分と軽くなる。

「ね、春斗《はると》さんにこんなことを聞くと困らせるっちゃけど……最後の試合の、終盤のうちのあの判断って春斗さん的にはどう思った？　うちが撃ち合いをやめて回復を挟んだところ」

「ああ～、あそこの場面か」

スクリムの配信を見ながら、なにか参考にできる動きはないか等々、頭を働かせていた春斗なのだ。

すぐに問われた戦闘シーンを思い出すことができる。

「これは結果論だし、観戦してただけだから言えることだけど、あの場面は撃ち合ってた方が正解だったかも？って印象かな。白雪さんの実力なら相手をダウンさせられる可能性は十分あったと思うし、ダウンさせられたら別の射線に対応できたと思うから」

「う、うぅ……。やっぱりそうよね……。うちもそう反省したとよ」

「でも、火力担当の白雪さんがダウンしたらチームは崩壊するから、あの判断はあの判断で間違いじゃないよ。絶対」

これは本当に結果論。

回復を挟んでいる時に別の射線から撃たれていなければ、自分がダウンするリスクを限りなく減らし、安定的に順位を上げるという良い判断になっていただろう。

「ま、まあ（アマチュアの）自分が（プロの）白雪さんにこう言うのは本当に烏滸《おこ》がましい話なんだけどね……」

「なに言っとっとー。春斗さん、(プロと)同等の実力持っとるくせにー。それこそうちと一対一したら間違いなくスコア競るはずよ?」

「『火力オバケ』って言われてる白雪さんと……? さすがにそれは……」

「だって『火力ゴリラ』って言われとるよ? 春斗さん」

「えっ!? か、火力ゴリラ?」

初めて聞いたあだ名になかなか理解が追いつかなかった春斗。

「ふふっ、そのくらい力強いってことやね。前にランク戦で春斗さんと撃ち合ったうちの同業さんがばり驚いとったくらいよ。『なんでそこから撃ち勝ってくるねーん!』って」

「そうなの!? それはめちゃくちゃ嬉しいな……」

誰がそう言っていたのか判断はつかないが、綾と同じプロとして活動している人から褒められるのは心が舞い上がるくらいに喜ばしいこと。

そして、配信スタイル上……あまり触れられるような存在でないだけに、恥ずかしさにも襲われる。

そんな気持ちを誤魔化すように、とある商品に手を伸ばした瞬間だった。

「ッ」

偶然に同じ商品を見ようと手を伸ばした綾《あや》の指先に触れてしまう。

すぐに手を引く二人だが、触れ合ったことに変わりはない。

「ご、ごめん白雪さん。その……」

「う、ううん！　うちの方こそ！」

先ほどまで趣味の話をしていたこともあり、普段通りに会話ができていたが——もうその面影はない。

お互い言葉を詰まらせながらドギマギとした空気に移り変わる。

「ほ、本当こんなこと慣れとらんけん、ごめんね……？　もしリードできたら春斗さんを楽にできたっちゃけど」

「いやいや、それはお互い様で」

肩を縮こまらせて顔を真っ赤にしている綾。自分以上に照れているその姿を見ると、やはり心に余裕が出てくる。

「もうちょっと駅の中を見て回ろっか」

「ぜ、是非そうしてもらえると……」

考えることは同じ。再び立て直せるように画策する二人だが、偶然の出来事は脳裏に焼き付くものでもある。

お互い触れ合ったその手の箇所は……ヤケドするような熱さを感じ続ける結果になっていた。

∮

待ち合わせをした駅の構内で30分ほど過ごし、改めて心を落ち着かせることができた後のこと。

プラン通りに移動を始め——メインどころである水族館から徒歩15分ほどにある大型ショッピングセンターの中に構えるPCの専門ショップに足を運ぶ二人がいた。

デート場所には適していないと言えるようなこの店だが……春斗と綾にとってそうではないのだ。

PCを使った配信を行う仕事をしているからこそ。

新商品の仕事道具を確認したり、気に入った商品があればすぐ仕事道具に取り入れられることができるからこそ。

見知った配信者や、関わったことのある配信者がコラボした商品もあるからこそ。

駅構内にいた時以上に盛り上がる。

「あっ、春斗さん見て見て！　これリナさんとコラボしとるゲーミングPC！」

「お、おお……っ!!　この実物初めて見たよ！」

綾が一足早く近づいていき、すぐにその商品を目にする春斗もまた早足で近づいていく。

売り場の中で一番目立つ場所に展示されたその商品。

また、コラボ主であるリナがカッコいいポーズを決めている白黒ポスターがPOPとなったそのコーナーは、力の入れようがハッキリ伝わるほど。

「これデザインも凝ってて本当カッコいいよね。評判もすごいらしいし、さすがはリナさんだよ」

「ちょっと聞いた話、コラボ商品の中でもばり売れとるらしいよ」

「へえ……」

こうして露出した姿を見ると、リナの背中の大きさをより実感する。

そんな人が自宅に来てくれて、一緒に食事を囲んだということを思い返せば、手が震えてくるほど。

「すごいよなぁ……。本当に」

上には上がいるのがこの業界。そして、入れ替わりが激しく、数字にハッキリと示される仕事でもある。

いろいろな思いを巡らせる春斗が、まじまじと商品を見ていたその時だった。

「ねっ、春斗さんは商品コラボの予定ないと？」と、周囲に聞こえないように、それが身バレの原因にならないように、耳元で囁《ささや》いてきた綾。

「いやいや、さすがに（自分に声はかから）ないよ。正直なところ一生かかることはないと思ってるくらいだし」

「そのレベルで考えとうと!?」

「はは、まあね」

この業界で活動しているだけに、コラボ商品に憧れるも、いつかは叶《かな》えられたらという思いもあるが、実際には諦めていることでもある。

コラボ商品というのは、双方に人気があって爆発的な需要は生まれるもの。

20万人という大きなチャンネル登録者数を持っている春斗だが、その数字は賛否両論なやり方で集めたもの。

ABEX配信者の中で一番アンチを抱えていると言われてもいて、炎上というリスクを考えたら、企業側が選ぶ可能性はないようなものだから。

「白雪さんが驚いてくれるだけで嬉しいよ」

「ふふ、うちは他の人と違って春斗さんの素敵なところたくさん見とうもん。うちのこと守ってくれたこともあるしねっ？」

「そ、それはもう記憶にないかなぁ」

「そうやって嘘《うそ》つくー」

頬を緩ませながら上目遣いで見てくる。

分が悪く、可愛《かわい》らしく映る綾と目を合わせることができず、恥ずかしさに負けるように視線を逸《そ》らす春斗は、弱点となる話題をすぐに変えた。

「それはそうと……。もし自分が（コラボ）するようなことがあったら、こんな感じのポスターは破られそうじゃない？」

「その時はうちがこっそりテープで修復しとくけん、大丈夫よ」

「あはは、じゃあその時は是非」

もしコラボ商品が出るとなった時、そんなことをしてもらうような機会に巡り合わない

ように と祈るばかり。

そして、コラボ商品という点において……可能性が高い相手が隣にいる。

先ほど問いかけてきたやり方を春斗は真似《まね》するように──。

「──実は白雪さんはコラボ決まってたり」

綾の耳元に口を寄せて、伝えたその瞬間だった。

「ひっ!!」

その耳を両手で押さえ、目を皿のようにしながら顔を仰《の》け反らせる綾。

その大きな驚きようから、誤解をさせたことをすぐに悟る。

「あ、ごめんね!? 別に変なことをしようとしてたわけじゃなくて!!」

「だ、大丈夫ばい……。そんな勘違いはしとらんけん……。春斗さんなら……嫌じゃないけん……」

「……」

「た、ただうち……耳がばり弱いっちゃん……」

『今、とんでもない口の滑らせ方をしたような……』なんて思えば、綾は被《かぶ》せていた手を退《ど》けて、弱いことを証明するように真っ赤になった耳を見せた。

「や、やけん、もうするのはダメ……よ?」

「了解……」

目を伏せて恥ずかしそうに訴えてくる綾に返事をしながら、頭の中で繰り返されるのは

『春斗さんなら嫌じゃない』の言葉。

意識すればするだけ心臓の音が大きくなり、この雑念を払うように首を左右に振る春斗である。

「え、えっと……えと、それでさっき春斗さんが言った（コラボの）声をかけてもらったかどうかやっちゃけど……そのことについては今後の頑張り次第、かも？」

「やっぱり!?」

「えへへ……。今言えるのはこのくらいやね！」

『声がかかってない』とは答えず、守秘義務を守るような濁した言い方でなんとなく理解する。

「じゃあもしその商品がＰＣだったら、タイミングによっては1台予約されるかも」

「えっ、春斗さん買ってくれると!?」

「まだ確定じゃないんだけど、妹が高校を卒業する時期に、ＰＣをプレゼントできたらなって考えてて。もし一人暮らしをすることがあっても、ＰＣがあれば一緒にゲームできたりもするから」

「ほ、ほうほう。ならうちは現金に、高ぁい商品を選んでもらえるように祈ってー。って、頑張り次第やけどね!?」

「はは、目標はスペックのいいＰＣを買うことだから、ちゃんと手が届くようにお仕事頑張るよ」

ＰＣ初心者の柚乃《ゆの》に高スペックのＰＣをプレゼントしても、その性能を持て余す可能性は高いだろう。

周りから見ても『もったいない』となることだが、できるだけいいものをプレゼントしたいというのは誰にでもある想《おも》いである。

「今思ったっちゃけど、妹さんが大学に進学して、うちのように一人暮らしをすることになったら、春斗《はると》さん寂しくなるね」

「い、いやぁ……？　それはなんて言うか、独り立ちする年齢になったんだなってなるから、むしろ嬉《うれ》しいっていうか」

「ふふっ、春斗さん顔に出とう出とう」

「……正直、痩せ我慢でした」

二人で当たり前に生活しているのだ。

その当たり前がいつか変わるというのは、やっぱり隠しきれないくらいに寂しく思うこと。

「一度どういう風に考えてるか、妹さんに聞いてみるのが一番やね。もし一人暮らしをする予定やったら、今のうちに心の準備を整えられるやろうけん」

「確かにそうだね。答えを聞くのは怖いけど……近々聞くようにするよ」

「それがよかと思う！　けど……もし妹さんが一人暮らしをするってなったら心配よ、うち」

「ありがとね、妹のことそこまで考えてくれて。でもしつこくならない程度でメッセージは送るつもりだから、大丈夫だと思う」

大切な家族のことを気にかけてくれるのには、本当に感謝でいっぱいな気持ち。

自然に浮かぶ笑顔を向ければ、予想外の反応をされることになる。

ジト目を作った綾《あや》にツンツンと腕を突かれ――。

「――へ？　もしかして俺の方!?」

正しく、『キミだよキミ』と言わんばかりに。

「それはそうよ。だって妹さん高校生なのに家事ができるくらいしっかり者やろう？　大学生のうちより生活スキル持っとるっちゃもん」

だから心配するような立場にならない。いや、なれないというのが綾の意見。

また、立派に一人暮らしをしている者の意見でもある。春斗からすれば説得力しか感じない。

「でも、春斗さんはそうじゃないやろ？　一人暮らしを始めたら食生活が偏りそうやし……。洗濯機を回し忘れたり、干し忘れて着る服がなくなったりしそうやし……。あっ、お寝坊しないかも心配やし……」

「さ、さすがにそこまではないって！　さすがに！」

一度はからかわれてると思った春斗だが、両手を合わせて眉を寄せている彼女の表情を見て、本気で心配されているのだと理解する。

「なら……もし一人暮らしを始めたら、ちゃんと生活できてるかチェックしにきても……よかです？」

「白雪《しらゆき》さんさえよければ。その時は完璧にこなしてる姿を見せて自慢させてもらうけどね」

「それ本当やろうねえ……。じゃあもし一人暮らしをすることになったら、今の言葉覚えとってね？」

「もちろん。受けて立つよ」

「ふふ、やったっ！」

そんなに心配していたのか、この返事を聞いた途端、にぱあと満面の笑みを見せる綾。

そして、年上としてもう少し頼り甲斐《がい》のある姿を見せていかなければと思う春斗でもあった。

「それでお話変わるっちゃけど、春斗さんはこのお店で見たい商品とかないと？　せっかくやけん、気になっとるものがあれば見に行こ」

「それならイヤホンが見てみたいな。実は無線のイヤホンが気になってて、一度も使ったことないから、機会があればって思ってたんだよね」

「ちなみにうち、イヤホンはまあまあ詳しい方やけん、なにかと聞いてもらって大丈夫やけんね」

「本当!?　それは助かるよ」

「じゃあ出発しよっ！」

その言葉に頷《うなず》いて、移動を始める。

『音響機器』の文字が書かれた案内札を見つけ、その通路に入れば、目的の商品をすぐに見つける。

「お！　あったあった。……って、白雪さん見てよこれ。4万円だって……」

「それ買うのはさすがやねえ」

「買わない買わない！　さすがに手が届かないって！」

今回のイヤホンの予算は1万円。その4倍もする値段で、1ヶ月の食費と大差ない額である。

購入という考えには至らない。

「ちなみに春斗さんはイヤホンが壊れたから新調するとか？」

「ううん、メインとサブで使い分けようとしてる感じだよ。無線の使い勝手を確かめてみたい思いもあって。いつもなら壊れてから買うっていう風にしてるんだけど、今回はお仕事をもっと頑張るためと、ゲン担ぎを兼ねてね」

「……ゲン担ぎ？」

「今の目標……。隣の人が叩《たた》き出してる数字に少しでも近づけるようにって。一緒に選んでくれたらパワーをもらえそうっていうか」

「あっ、ふふ。そう簡単には近づけさせせんけんね？　うちも今まで以上に頑張るつもりやけん」

「ははっ、そうこなくっちゃ」

どこか誇らしげで嬉しそうな横顔を見せられ、口角を上げた横顔で返す。

今の時点でチャンネル登録者数が自分の2倍の40万人。そんな遥《はる》かに高い人を目標にしている春斗なのだ。

簡単に達成できるような目標でないからこそ、『追いつかれないぞ』という志を持ってくれているからこそ、『仕事を頑張るため』の商品を選びやすくもなる。

「これはうちの意見やっちゃけど、ワイヤレスイヤホンが初めての人は、特に5000円前後で選んだ方がよかよ。無線が合わないっていう人もおるし、なにより小さいけん、なくす人も多いとよね」

「あ、ああ……。それは元も子もないね。ゲン担ぎでもあるのになくすのはもう縁起悪いし」

「それはそうね！　やけん最初はお試しくらいの手軽な値段のイヤホンを買ってみるのが一番失敗しなそう」

「参考になる意見をありがとう。じゃあ今回は性能ってよりはデザイン優先で考えるってことで」

本当にタメになることを教えてくれる綾。

ありがたい気持ちに包まれながら商品を選ぶこと数分。

「よしっ、これに決めた！」

春斗が手に取ったのは４２００円のホワイトのワイヤレスイヤホン。念願の無線イヤホンである。

「もっと探さんでよかと？」

「大丈夫！　この『α』のロゴもカッコいいから」

「なんだか男の子らしい選び方やね」

「そ、そう言われるとちょっと恥ずかしいかも……」

と、照れながら手に取ったワイヤレスイヤホンを見つめる。

普段から自分には贅沢《ぜいたく》はしない春斗であり、初めて使用できるものであるだけに、夢中で見つめてしまう。

無論、値段以上に嬉しく感じるもので、もっと仕事を頑張れるような気も。

そんな自分の世界に入ってしまいそうな時だった。

「あ、春斗さん」

「ん？」

「このタイミングでアレやっちゃけど、うちお手洗い行ってきても大丈夫？」

「もちろん。じゃあ俺は隣にあるヘッドホンを見て回ってるよ。そのコーナーからは動かないようにするから」

「ごめんんね。お手洗いの場所から探さないとだから、もしかしたらちょっと時間がかかっちゃうかも」

「了解」

「じゃあ行ってきますっ」

「はい行ってらっしゃーい」

丁寧な挨拶をしてくれる綾。

大きく頷いてステップを踏むように歩いていく彼女の背中を見送り、春斗はヘッドホンのコーナーに移動を始める。

「あっ、え！　これ最新型が出てるんだ……。カッコいいな……」

敵の足音や敵の銃声の方向を聞くことに便利なヘッドホン。

春斗にとっては仕事道具の一つでもあるため、すぐに集中のスイッチが入る。

真剣に一つ一つ見て回っていく。

そんな没入してしまう春斗だから、気づくわけもなかった。

今、手に持っているワイヤレスイヤホンの在庫がもう一つ減り、完売になっていたことを。

∮

綾がヘッドホンが並ぶコーナーに戻り、春斗と無事に合流できた時のこと。

「ほら！　やっぱりうちの見立て通り！　春斗さんにばり似合っとる」

「いやあ、これ気に入ったなぁ。軽いしカッコいい……」

ヘッドホンを着用した自分を鏡で確認している春斗の横に立ち、ニマニマする綾がいた。

「ちなみにこれのお値段ってどのくらいするの？」

「なんと4万5000円」

「ッ!?　ちょっ！　そんな高いやつ渡してこないの！　ほら戻してきて!!」

「ふふふっ、はーい」

彼に渡したのは試聴用のヘッドホンである。

着用する分にはなにも問題はないが、イタズラがバレてしまったように慌てて外して渡してくる彼で――。

そんな姿を見るだけで、嬉しくなる。

なぜ気になる人には意地悪をしたくなってしまうのか。

意地悪をしてしまうのか。

その心理がわかってしまう綾は、もっと構ってもらえるように……次の手段を取るのだ。

手渡しされたヘッドホンを元に戻し、次のヘッドホンに手を伸ばして――。

「春斗《はると》さんっ、うち見てみて」

「ん？」

「にゃ〜。なんて！」

試聴用の猫耳ヘッドホンをつけ、猫の手に変えて、モノマネの披露を。

……普段なら、こんなことはしない。

思いついてもしない。

ただ、この時はもう舞い上がっていたのだ。

デートをするにあたって定めていた一つ目の目標を無事に達成できたこともあり、ルンルン気分だったのだ。

その感情が抑えきれなかったための行動であり──。

「……」

「ちょ、ちょっと！　そ、そそそそこは反応してくれんとばり恥ずかしいやろ!?」

返ってきた反応はまさかの無。

ペチペチと彼の肩を叩き、羞恥に耐えながらクレームを飛ばせば、予期せぬ言動を見ることになる。

「ご、ごめん……。白雪さんも白雪さんで本当に似合ってたからつい……」

「っ」

本気でそう思ってくれたように、ハッとしたように赤くなった顔を伏せて……『まいったな』と、弱々しく呟《つぶや》いた彼。

そんな照れ切ったような彼を視界に入れた瞬間、綾《あや》はさらなる恥ずかしさに見舞われる。

心臓がキュッとなり、激しく鼓動しているのがわかるほど。

「こ、これがうちの、モノマネの実力よ……」

自分でもなにを言っているのかわからなくなる。

――ただ、一つだけ。

それ以上の言葉は思い浮かばず、もう一度彼を見ることもできず、猫耳のヘッドホンを外してゆっくりと元の売り場に戻す綾だった。

自分の中で、彼の照れた表情が弱点だと気づいた瞬間でもあった。

時刻は16時。

駅での待ち合わせ後とまた同じように、心が落ち着くまで大型ショッピングセンターを軽く見て回ったその後。

約650種、約2万点の海・川の生き物に出会うことができるのぞみ水族館に着いた二人は、受け付けを済ませて館内のパンフレットを見ながら会話を弾ませていた。

「いやあ、本当に本当に楽しみだよ……」

「ふふ、うちも」

今日のデートプランを一生懸命考えた綾にとって、こうして喜んでもらえることは本当に嬉《うれ》しいこと。

「実を言うと、水族館に来たのは10年ぶりくらいなんだよね」

「うちはちょうど10年ぶりやね！」

「白雪さんも!?」

「うん！　やけん、『お魚好き』って連絡が返ってきた時はバンザイしたよ。それでプランが定まったけん」

「今日のためにいろいろ考えてくれて本当ありがとうね」

「全然全然！」

慣れない行き先選びは本当に大変なことだったが、こうしてお返しをもらっているのだ。

春斗が好きなことを知ることができて、この楽しい時間を過ごすことができて。

もう報われた気持ちでいっぱいだった。

「って、この水族館は夜も営業してるんだ……。雰囲気が違うって書いてるけど、本当ガラッと変わるんだろうなぁ」

「……春斗さん、夜のお客さんはカップルだらけよ絶対」

「ははっ、それはそっか」

のぞみ水族館を調べる上で、夜も営業していることはすぐにわかった。

『デート』ということを考えたら、夜の部の方が雰囲気もあって楽しめたのかもしれない。

だが、あえてプランに入れなかったのだ。

その理由の一つが……春斗の家庭環境。

妹を一人で待たせてしまうことを考えたら、夜遅くに帰すというのは好ましいと言えなかったから。

そして、最大の理由は口にした通り、客層の違いがあるから。

夜の水族館というロマンチックな場所では、メインの客層がカップルになるのは簡単に想像できること。

そんな空間を大切な人と回ったら……周りに影響を受けてしまうと思ったから。

周りに流されて、変なことをしてしまいそうだったから。

大胆なことをしてしまいそうだと思ったから。

嫌われるようなことをしてしまう可能性を避けた結果、家族連れが多いこの時間を選んだ綾なのだ。

「じゃあ～春斗さん。最初はどっちから回ろっか。右の通路なら最初に海のお魚が見られて、左の通路なら最初に川のお魚を見られるようになっとるよ」

「そんな大事なこと俺が決めていいの!?」

「うちは気遣い抜きでどっちでも大丈夫やけん」

「じゃあ……先に海のお魚から見たいな。こっちがメインだと思うんだけど、もう待ちきれなくって！」

「ふふふ、じゃあ右から行こ！」

「ごめんね、ワガママ聞いてくれてありがと」

「ううん、そんなことなかよ。ほら、早く早く！」

「うん！」

『うちはちょうど10年ぶり』のセリフを聞いているから、なおさらに『大事なこと』と言って『ワガママ』と言ったのだろう。

しかし、綾にとって見て回る順番はどちらでもいいのだ。

春斗と一緒に回れさえすれば……というのが素直な気持ちであるから。

謝られるようなことも、お礼を言われるようなこともないことを伝えるように、春斗の背中をグッと押しながら、右手の通路に入る。

そうして、最初に出迎えてくれるのは自分の身長よりも高い水槽の中を優雅に泳ぐ小さな小魚達《たち》。

綺麗《きれい》な模様に、特徴的な模様、愛嬌《あいきょう》のある顔立ちをしたものも。

水族館に来たことを一瞬で実感できる光景を目にしながら、吸い寄せられるように大きな水槽の前で横並びになる。

「白雪《しらゆき》さん、もうここだけで楽しいよ」

「うちも同じく！」

背鰭《せびれ》や尾鰭を動かして、優雅に泳ぐ魚を見ることも……魚に夢中になっている春斗の横顔を見ることも楽しいこと。

もちろん後者に至ってはバレないように、見つめるようなことは控えて。

「……」

「……」

無言の時間が続くが、気まずいものはなにもない。

わざと肩が当たるくらいにこっそり近づいて、早速、心地のいい時間を過ごす綾である。

「春斗さん、うちのことは気にせんでお魚の写真撮っても大丈夫よ……？　フラッシュなしなら撮影はＯＫされとるけん」

「あ、自分は平気だよ」

「そう……？　雰囲気を考えて遠慮とかしとらん？」

「これは性格的な問題なんだけど、写真を撮り始めたら綺麗に撮ることばかりに集中しちゃって、記憶に残りづらくなるというか……。だから楽しいことは直接見るようにしてて」

「ふぅん」

言葉でも『楽しんでいる』ことを教えてくれる春斗。

それだけで急激に嬉しくなる。手の先から足の先まで力が入ってしまう。顔まで熱くなってくる。

「逆に白雪さんは写真撮らなくて大丈夫なの……？　自分と違って器用なタイプだと思うし」

「うちも大丈夫ばい。もう一生行けない場所やったらこうは言わんけど、またお魚見たくなったら春斗さんに甘えて甘えーて連れてきてもらうけん」

「あはは、それは喜んで」

どこかまんざらでもない様子をチラッと確認すれば、これ以上は恥ずかしくならないように水槽に目を向ける。

「……」

「……」

そして、再び無言の時間が訪れた時だった。

「……もう少し遊ぶ経験ができてたら、こんな時も気の利いたことが言えたんだろうなぁ……なんて」

なにか思うことがあったのか、しみじみと呟く春斗がいた。

「ふふ、静かな時間も大事やけん気にせんでよかよ。『こんな時も』の『も』がどこを指してるのかは気になるけど」

「あ、あはは。さすがに鋭いね。なんていうか……うん。白雪さんに言わないといけないことをまだ言えてないなって」

「まだ……言えてないこと？」

話しやすいように促すが、これは優しさというわけではない。

なにを言えていないのか単純に気になったからで――促してよかったと思ったのはすぐのことだった。

「えっと、その、最初に白雪さんに会った時、オシャレしてたのはわかったから、『似合ってるよ』って伝えたりとか」

「っ!!」

「……みんなこう言えるんだから、本当すごいよ」

「た、確かにそんなイメージはあるけど、うち達はうち達のペースよ。むしろそうしてくれんと初心《うぶ》なうちの体が持たんけん」

「そう言ってくれると楽になるよ」

ある程度恋愛に慣れていて、なんでも引っ張ってくれる人がいいという意見も当然あるだろう。

ただ、綾はまた違った意見を持っている。

初心《うぶ》だからこそ、一緒に経験を積み上げていけたらと。手探りで関係を深めていけたらと。

「あの……春斗《はると》さんの服も、ばり似合っとうよ」

「ど、どうも」

「う……うちはその、先に言われんとこうして言うことできんけん……春斗さんも十分すごいなって思っとうよ」

「ありがとう……。個人的には、そのままでいてくれた方が嬉しいな。こんなところは男の出番的なところあると思うし」

「じゃあ、お言葉に甘えて……」

先に言うよりも、言われてからの方が緊張しない。話の流れで自然に言うことができる。

だから気になっている相手がそう考えてくれているのなら、綾にとってはこの上ない言葉。

「あともう一つ言わなきゃいけないことは……その、綺麗だね」

「っ」

春斗がこう言ったのは、水槽を横目に見ながら。

「ねーえ！　この流れでお魚の感想を言うのは絶対ダメよ……。うちに対して言ったって勘違いするやろ……。実際、勘違いしたっちゃけどね……」

「……こ、こういう手を借りないと言えない人もいるんです」

「……ぁ」

一度は本気でそう思った綾《あや》だから、もーっとした不満が出た。

しかし、春斗の横顔を改めて見て間違いだと気づくのだ。

ＰＣの専門ショップ、そのヘッドホンコーナーで見た時の——照れ切った表情を浮かべていた春斗だったのだから。

「え、えへへ……。春斗さんから見たうちは、そんなに似合ってて綺麗やと？」

「調子に乗らないの」

「だって嬉しいっちゃもん」

『だからもう1回』と表情で訴えておねだりするが、本当に限界を迎えていることがわかるくらいの無視をされる。

それでも本気でそう思ってくれているのが伝わってくること。

踊りたくなるくらいに嬉しくなること。

言われた通り、調子付いてしまうからこそ、伝えられることがある。

「じゃあ……カッコよかね」

魚を見ながら真似《まね》するように口にすれば、ビクッと大きく肩を揺らした春斗。

隣からの視線を感じる綾だが、合わせるようなことはしない。

気づかないフリをして、手櫛《てぐし》で赤くなる耳を隠すのだ。

展示されている魚に『カッコいい』が当てはまるような種類がいないことに気づいて……。

春斗も同じことを思ったのか、頰を掻《か》く仕草が目尻に映る。

「えっと、もう少ししたら次のコーナーに移動しよっか……？」

「そ、そうやね！」

「あと……嬉《うれ》しい言葉をありがとう」

「そ、それについては黙秘させてもらうったい」

「応えてくれたなら答えがわかったのになぁ」

『どういたしまして』とでも返せば、春斗に対して『カッコいい』と言っていたことを明かすようなもの。

だが——ツッコミを入れたいことが一つ。

「そんなこと言って、春斗さんはもうわかっとるくせに……」

そう言い切った瞬間、横顔を見られないように片手で覆う春斗だった。

「……ふふっ」

自分よりも余裕がないパートナーを見ると、心にゆとりができるもの。

「春斗さんが動ける時に、次のコーナーね？」

「助かります……」

今回はリードができた。

攻撃は最大の防御。それを学んだ一幕でもあった。

∮

そうして次のコーナーに移動すれば、先ほどの雰囲気とはガラッと変わり、真っ暗な空間に。

そこにはプラネタリウムの代わりとなる、色とりどりの光源を放つ美しいクラゲが無数に泳いでいる光景が広がっていた。

「こ、これは圧巻だ……」

「わぁ、ばりすごいねえ……」

言葉にならないくらいに綺麗な光景。

まばたきを忘れて一面を見回していれば、春斗から声をかけられる。

「白雪さん！　ちょっと近くで見てきていい!?　あそこにデッカいクラゲいて！」

「ふふっ、もちろんどーぞ」

男の子らしいというのか、『綺麗』よりも『デカい』に興味津々の春斗は、ウキウキとした足取りで目的のクラゲに近づいていく。

その後ろをゆっくりと付いていき、改めて春斗の隣に立つ綾は、彼が夢中になっていることを利用して——肩が当たるくらいにこっそりと距離を詰める。

これはすでに一度成功していること。気づいていないこともあるのだろうが、嫌がる素振りもなかったこと。

自然に行える。

「おお、本物のクラゲだ……。本当デッカいな……」

（ふふっ……）

見た感想を漏らしながら目をキラキラさせて、クラゲがふんわりと泳ぐ姿を見つめている彼。

「うわあ……」

普段から大人っぽい彼がどこか子どもっぽく。

そんなギャップに当てられながら、綾は引き続き幸せな時間を過ごしていく。

『似合っている』『綺麗』と褒められたことを思い返しながら、クラゲと彼の顔を代わりばんこで見ていく。

水族館らしかぬ楽しみ方だが、綾にとってはこれが一番充実できること。

「あのクラゲは一体なにを考えて泳いでるのかな……」

（——ぷっ）

言いたいことはわからないでもないが、唐突に放たれた疑問の言葉に噴き出しそうになる。

だが、ここで口を押さえて必死に堪《こら》える綾である。

（あ、危なかったぁ……）

本来なら笑ってもなにも問題のないこと。

ただ……。この時間だけはダメなのだ。

今だけは彼には目の前のことに意識を向けていてほしいから。

こちらに意識を向けてほしくないから。

（言うなら、今よね……。今なら大丈夫……。絶対大丈夫やけん……）

綾は今日に至るまでデートプランを想像し、デートをする中で3つの目標を作っていたのだ。

その二つ目を叶《かな》えられるのが——このコーナーだと事前に水族館を調べた時に考えていた。

恋愛初心者の自分にとって、このタイミングを逃せばもう叶えることができないとわかっていた。

だから、かけがえのない思い出にするために、後悔をしないために、自分を奮い立たせる。

何度も練習した成果を出すように、呼ぶのだ。

「……は、春斗くん、はクラゲ好きやと？」

「うん、大好きだよ。なかなか見られる生き物じゃないし、この脱力しきった感じが好きなんだよね」

「そっかそっかあ」

呼び方を変えても全く気づいていない様子。

（ふふっ、やったぁ……。やっと呼べたよっ！）

こんなにも作戦が上手《うま》くいくことがあるだろうか。思わず笑みを溢《こぼ》してしまう綾である。

それはもう嬉しくて、この場で飛び跳ねてしまいそうだった。

「白雪《しらゆき》さんもクラゲは好き？」

「ずっと見てられるくらい好いとーよ」

「ならよかったよ。もしクラゲに興味がなかったら、退屈な時間になっちゃうと思うから」

「それは大丈夫ばい。もし興味がなかったとしても、うちはそげんなことならんけん」

彼は本当に優しい人。

少し恥ずかしいことだが、これは伝えておいた方が安心するのではないかと思った綾である。

「え？　それはつまり……独自の楽しみ方があるってこと？」

「そう。春斗くんが楽しんでる顔を代わりに観察するっていう」

「ッ、それだけは絶対しちゃダメだからね!? 恥ずかしいから……」

「ふふっ、水族館の生き物全部に興味あるけん、それをすることはないけどね」

「もう……。からかい上手なんだから……」

胸を撫で下ろす様子を見せている彼。

(ごめんね、春斗くん。もうばり見とって)

褒められるようなことをしていないのはわかっている。でも、ここで言えるようなことではない。

心の中で謝るも、無意識にその横顔を見てしまう。

そんな綾だから、気づくことができた。

「あっ! 春斗くん春斗くん。右上にもおっきなクラゲおるよ」

「どこどこどこどこ……。お! あっちのクラゲはまた模様が違うんだね」

「うちはこっちのクラゲの方が好きやね」

「うー。俺はどっちも捨てがたいなぁ……」

難しい顔で考えている彼。

未《いま》だ気づくような素振りはないが、これも予想していたことの一つ。

(もう一つごめんね……春斗くん。うちが本当に臆病で……。でも、ずっとこう呼びたくて)

本当は許可を取ってから呼び名を変えるべきで、優しい彼ならそうお願いしても許してくれることはわかっている。

しかし、初心《うぶ》な自分にはそんな勇気まで出なかったのだ。

綾の中では呼び方が変わっていることをいつか彼に気づかれ、『ダメかな？』と促す形が限界だった。

それでも、一度呼ぶことができたら目標は達成。

気づかれたら許可を取る流れができる。

呼び方を変えたことに気づかれなかったとしても、ずっと呼びたかった『春斗《はると》くん』で呼び続けることができるのだから。

（そ、それにしてもまだドキドキしとる……。春斗くんにうちの心臓の音、聞こえてないか心配ったい……）

ちょっと足を動かして、彼と距離を取る。

この時、離れたくないという気持ちに襲われてしまうのも厄介だった。

「今さらなんだけど、ここにはいろいろな種類のクラゲがいるんだね。白雪さんは気になるクラゲとかいないの？」

「そうやねえ。うちはちっちゃいクラゲも見てみたいかな」

「あ、あはは……。それはそうだ。いきなり大きいのから見ちゃってごめんね、本当」

「ううん、面白かったけん全然大丈夫よ」

（おかげさまで呼び方を変えることもできたけん）

綾にとっては、彼を夢中にさせてくれたおっきなクラゲ様様である。

「じゃあ次は綾《あや》さんの番ってことで、あっちに行ってみよっか。ここから見た感じ、多分
足元にクラゲが泳いでるんじゃないかな」

「ちょっと暗いけん、段差に足を取られんように気をつけるとよ？　春斗くん」

「そ、そこまで抜けてないって」

「ふふふっ、一応袖を握っとく」

「も、もー……」

彼と同じワイヤレスイヤホンをこっそり手に取って、先にお会計をして、お揃《そろ》いにした
時と同じ気持ち。

もうご機嫌なままにスキップしたくなる綾は、鈍感な彼の袖を摑《つか》んで移動を始めるの
だった。

（本当、幸せ……）

目標をまた一つ叶えることができたおかげで、それはもうどんなお客さんよりも楽しむ
ことができた。

初めて水族館に訪れた子どもよりも楽しんでいる自信があった。

「ほわあ……春斗くん、こっちには赤ちゃんクラゲおるよ！」

「なんかえのきみたい……」

「ぷっ、確かにそうやね」

その場で一緒にしゃがんで、足元を綺麗《きれい》に泳ぐ可愛《かわい》いクラゲを観察する。

（……）

この時、夜の水族館を選ばなくて正解だったと確信する綾だった。

周りのお客さんがカップルでいっぱいだったら……きっと、彼の手を握ろうとしていたと思って。

そして、喋《しゃべ》れなくなってしまうことまで想像できることで。

（春斗くんも、少しはうちと同じことを思ってくれたら嬉《うれ》しいな……）

この思いを届けられるように、目を細めて彼に視線を送る綾だった。

∮

クラゲコーナーを堪能した後は水中トンネルにサメコーナー、ペンギンコーナー等々、館内を大満足に一周。

「ん〜。本当に迷いどころだなぁ……」

そして今現在、天窓から夕焼けの空が見えるのぞみ水族館公式ショップで、買って帰るグッズを選んでいる最中だった。

「……うーん。よし！　俺はこれに決めたよ、綾さん」

「うちはこのペンギンくんに決定したよ〜」

春斗が手に取ったのは、手のひらサイズのウミガメのぬいぐるみ。

その一方で、綾が両腕に抱えてトコトコ持ってきたのは『55㎝』の、タグがつけられたコウテイペンギンのぬいぐるみだった。

「えっ、本当にそれ!?」

「ん！　ばり可愛いやろ～」

「可愛いことには可愛いんだけど……めっちゃデッカくない？」

「ぬいぐるみはね、抱きしめられるサイズが一番満足できるっちゃん。これうちが買うの決めてるけん、ほら、1回ギューってしてみて」

「あ、ああうん……」

促されるままに手渡され、両腕で抱きしめてみれば……言っていた意味をすぐに理解する。

『うんうん』と頷《うなず》き、手に持っていたぬいぐるみを売り場に戻せば、同じ55㎝サイズのウミガメを抱えて持ってくる春斗である。

「やっぱり自分もこの大きさにする」

もふもふの魅力に囚《とら》われてしまった瞬間である。

「ふふっ、小さいサイズにはできんことよね、これは」

「本当、ギュッってできないともったいないと思ったよ」

形状的にペンギンよりも抱き心地が悪いウミガメではあるが、この種類だけは譲れなかった。

「ちなみにっていうか、うちが焚《た》き付けてこんなことを言うのは本当悪いっちゃけど……春斗くんは一人暮らしじゃないけん、妹さんに怒られたりせん？　『置き場所に困るでしょー』って」

「ああ、それは間違いなく怒られるよ」

「えっ、それ大丈夫と!?」

当たり前の顔で肯定する姿に驚く綾だが、平気な理由が春斗にはある。

「まあ怒られるから良くないことには違いないんだけど、自分よりもぬいぐるみ好きな妹だから、最終的には可愛がってくれるっていうか」

柚乃《ゆの》から怒られることに、柚乃が嫌がること。

この二つは絶対にしないように心がけている春斗だが、一つだけ『してもいい』という例外がある。

それは言葉の通り、『最終的には喜んでくれる』ということ。

「それに俺には切り札もあるから」

「ほう？」

「『そんなに怒ったらもう触らせてあげないぞー』って。この言葉が効かないぬいぐるみ好きはいないからね」

「春斗くん、もしかしなくても妹さんにその攻撃されたことあるっちゃない？」

「まあその、触る権利を得るために、（配信）部屋の掃除を命じられたことはあるね。もちろん急いで掃除したけど」

「やっぱり！」

察せられてしまうような言い方はしていないはずだったが、簡単に見破られてしまう。いい年をしてぬいぐるみを触るために掃除を頑張ったことを、どこか気恥ずかしく思う春斗だった。

「じゃあうちは穏便に済むように祈っとくね？」

「そうしてくれると心強いよ。それじゃ、綾さん――」

それから言葉を続けようとした瞬間だった。

「――奢《おご》らせんよ？」

これまた見通していたようにキッパリと言われてしまう。

「もー！　先輩として一個くらい奢らせてほしいのに」

「逆にうちが春斗くんに奢らせてよ」

「それは絶対ダメ」

「じゃあうちが『もー』よ！」

カウンターを食らわすように頰を膨らませて言葉を真似《まね》する綾である。

「ふふ、お互いに尽くしたい方の性格やけん、ここはぶつかるところよね」

「まったくだよ本当」

お互いに譲らない意思をぶつけ合うが、ギスギスした雰囲気はない。

ぬいぐるみを抱えながら、笑い合う二人である。

「それじゃあ、仕方ないけど個別でお会計しよっか」

「うん。仕方ないけど個別でお会計しよ」

そうして、憎まれ口を言い合って仲良く同じレジに並び、会話を続けながら順番を待つ。

ただただ話す時間も二人にとっては楽しいもの。

順番が回ってくるのもすぐに感じること。

「――って、綾さん。今になって気づいたんだけど……」

「うん？」

春斗がハッとした声を出したのは、ぬいぐるみのお会計を済ませた後のこと。

同じように会計を済ませた綾と合流した時のこと。

「これから夕食のプランになってる……よね？」

「そうやけど、どうかしたと？」

「えっと、この大きな荷物で飲食店に入るのはさすがに迷惑になっちゃうっていう問題点が出てきたというか……」

ぬいぐるみを買うことに夢中になっていたばかりに大事なことに気づくのが遅れてしまった。

せっかくプランを考えてくれたのに、崩さざるを得なくなった。

その申し訳なさが全面に出る春斗だが……綾は違った。

まるでこうなることを見越していたような、余裕のある表情で微笑《ほほえ》むのだ。

「そこまで考えられるのはさすがやね、春斗くん」

「いやいやそんなこと……。あ、そうだ！　コインロッカーになら入ると思うから大丈夫かも！」

「でも、それはお金が余計にかかっちゃうけん、別の提案をしてもよかです？」

「もちろん！　それでその案っていうのは？」

「それはね——」

綾にとって3つ目の、最後を飾る目標。

無論、この流れを考えていたこと。

ピンと人差し指を伸ばし、言うのだ。

「コインロッカーに入れたらぬいぐるみが潰れることもあるけん、うちのお家でデリバリーを頼むっていう案」

「……え!?　あ、綾さんの家で!?」

「うんっ！」

「た、確かにいい案ではあるけど、それはそれで迷惑じゃない……？」

一人暮らしの女の子の家にお邪魔する。

その甘えはなにかと問題じゃないかと感じること。

お金をかけてもコインロッカーを使った方がいい派の春斗だったが、その案を再度伝える前に勝負は決することになる。

「春斗《はると》くん、観念してうちのお家においで。春斗くんに来てほしいけん、こう言っとるとよ」

ぬいぐるみが入った袋を握られ、引っ張られたことで。

もう綾の中では確定しているような行動と、その言葉選び。もう甘えるしかない春斗だった。

∮

時刻は19時過ぎ。

のぞみ水族館から場所は変わり——高級感のある黒と白のタイルの外壁に、防音室が完備されたマンションの807号室。

綾の自宅に入った春斗は、白や淡いグリーンの絨毯《じゅうたん》やカーテン、シックな木の家具で統一された爽やかで可愛らしい北欧テイストのリビングに足を踏み入れていた。

「い、今さらなんだけど、このお部屋にお邪魔したことが綾さんのファンにバレたら……なんか殺されそう……」

「それは大丈夫よ。うちを応援してくれとる人はみんな優しいもん。っと、立ちっぱなしもアレやけんソファーにどうぞ」

「ありがとう……」

ぎこちない喋りと、ぎこちない動きのままにソファーに促される春斗は、手に持った荷物と共にゆっくり腰を下ろす。

「自分のお家だと思って楽にしていいけんね」

「う、うん……」

テレビをつけて静かな空間にならないように、さらには優しい声をかけてくれるが、かけられた言葉通りにできないのが実情。

「春斗くんは女の人のお家に入るのは初めてやったりする？」

「それ絶対わかってて聞いてるでしょ！」

「ふふ、どうやろうねえ」

緊張を解《ほぐ》そうとしてくれたのだろう、いたずらっ子の笑みを見せてからかってくる。

そのおかげで少し気を楽にすることはできたが、『女の子の家』という言葉が頭から離れなくなってしまう。

「あ、水族館で買ったぬいぐるみ出してよかよ？　あれ抱きしめたら絶対落ち着くと思うけん」

「それは妙案だ」

大きな助け舟にすぐ乗りかかる。

足元に置いた袋からウミガメのぬいぐるみを取り出し、膝の上に置いたそのタイミングで――。

「うちのペンギンくんも……はいどうぞっ！」

「ありがとう」

コウテイペンギンのぬいぐるみを追加で渡してくれる。

その二つを一緒に抱きしめれば、緊張が解けていく。落ち着く感覚に包まれ、ホッと一息をつくことができた。

「って、この姿を綾《あや》さんに見られるのは恥ずかしいな……」

「なにも気にならんけん大丈夫よ。うちも心のじゅん……じゃなくて、逆の立場やったら同じようになっとったもん。やっぱり慣れとる空間やけん、こうして余裕があるっていうか」

「綾さんは今までに男の人を呼んだことはないの……？　最近だったら同業の人とか」

「ううん！　そんなのはないないないない！　お家に呼べるくらい信頼しとる男の人は春斗くんだけやもん！」

「そ、そうなんだ……」

両手をパタパタ振って、それはもうあわあわあわとしている綾。

普通の人であれば懸命に誤魔化しているような姿にも映るが、初心《うぶ》な綾だとわかっているだけに、嘘《うそ》をついていないのは十分に伝わってくる。

「こ、これでもうち、警戒心は強いとよ？　女子校出身やし、上京組やけん」

「ああ……。なるほど……」

さも当たり前のように言う綾だが、警戒心が強い理由を力説すればするだけ、春斗は特別感を覚える。

この激しく動く心臓の音を隠すように、ギュッとぬいぐるみに力を込めた。

「そ、それでこの話題はもう恥ずかしいから変えるっちゃけど……春斗くんっ！　今日のご飯はどうしよっか。デリバリーの王道やとお寿司《すし》とかピザになると思うっちゃけど」

ここでテーブルの上に置いてあったタブレットを手に持ち、手慣れた操作を始める綾である。

「こう聞くのはズルいんだけど、綾さんはどっちを食べたい気分？」

「本音を言うと、どっちも」

「え!?　ははっ、じゃあ今日はせっかくだしどっちも頼んじゃおっか」

「それは豪勢やねえ。望むところよ」

普段なら両方を選ぶような贅沢《ぜいたく》はしない春斗だが、今日は特別。

綾には今日楽しませてくれたお礼もしたかったのだ。

「春斗くんもお腹《なかす》空いてるやろうけん、遠慮せずにいっぱい食べるとよ？　いっぱーいね」

「そうさせてもらうよ」

食べる量が違うため、この夕食代を全て出させてほしいところだが、それが通じない相手なのはわかっている。

「ちなみに春斗くんの妹さんは、お寿司とピザならどっちを好いとーと？」

「お寿司だけど……それまたどうして？」

今までの会話とは何の繋《つな》がりもないこと。

首を傾《かし》げて聞き直せば、質問された意図を知る。

「今日は大事なお兄ちゃんを使わせてもらったけん、お礼させてもらいたくて。やけん一個はお持ち帰り用で」

「いやいや！　そんな気を遣わなくても大丈夫だって！　妹ももう高校生だから、少しの時間で寂しいとかないだろうし」

「う、うちがさせてほしいだけやっちゃけどね……？　邪《よこしま》なことを言うと、春斗くんの妹さんと仲良くなるキッカケが欲しくて」

「……本当に綾さんがしたいだけ？　なにも気を遣ってない？」

「むしろ打算的な考えがあるけん、春斗さんには甘えてもらえると嬉《うれ》しいな」

「そ、そんな風に言われたら……。甘えさせてもらうしかないなぁ」

「ふふっ、ありがと」

「でも、特上みたいなお寿司は絶対にダメだからね？」

「はーいっ！」

お金を出す側なのに、ニマニマと嬉しそうにしている綾。

この表情を見た時、『わーい』と喜んでお寿司を受け取ってくれる柚乃《ゆの》の姿も思い浮かぶ。

また、『なんでそんなに気を遣わせるようなことをさせたの』と、冷静に怒られる未来も見えた春斗である。

ぬいぐるみの件と合わせて、帰宅後はたくさん叱られることを覚悟した瞬間だが、表情が忙しく変わる妹の姿を見られるのは楽しみにも思うこと。

「――っと、その前にうち達《たち》のメニューも選ばんとやね」

そう言って表情を切り替えた綾は、タブレットを持ったまますり足でソファーの前に近づき、おずおずと言った。

「え、えっと……一緒にメニュー見るために春斗くんのお隣に座っても……？」

「もちろん。って、家主さんにこんな返事するのは変な話だけどね」

簡単にツッコミを入れる春斗は、腕の中に抱えていたペンギンのぬいぐるみとウミガメのぬいぐるみを綾に見せるのだ。

「綾さんはペンギンとウミガメ、どっちがいい？」

「……ふふ、じゃあ春斗くんのウミガメさんにする！」

「はいどうぞ」

どこか緊張していた様子なのは伝わったのだ。

両手で手渡せば、効果は抜群だったと言えるくらいに柔らかい表情になり、隣に腰を下ろす綾である。

膝の上でぬいぐるみを抱えながら一緒にメニューを選んでいくこの時間。

タブレットを覗《のぞ》き込むことで、時折、綾と肩が当たってしまう春斗で……できるだけ意識しないように努める。

その一方、ご飯を食べ終えてしまえば訪れてしまう別れを少しでも誤魔化すように、肩が触れ合うその時間や、覗き込むことで顔が近づくその時間をめいっぱい意識する綾。

そんな綾は、ふと感じた。

『同棲《どうせい》をしたらこんな感じなのかな……』と。

これは誰に言ってもツッコまれるようなこと。笑われるようなことだが……。こう思ったからこそ、一つ考えを変えようとしたことがあった。

「……」

それは——今もなお勝手に呼んでいること。気づかれるまでは触れないようにしていたこと。

その呼び方の許可をちゃんと取って、ちゃんと認めてもらえたら……同棲している雰囲気をもっと感じられるのではないか、という気持ち。

その気持ちが芽生えたらもう、口にせずにはいられなかった。

「は、春斗くん……」

「なに？」

メニューを見ている最中だが、伝えることにする。

「うち……ね、水族館のクラゲコーナーに入った時から春斗くんにしとることがあるっちゃけど、なにか心当たりはある？」

頭を悩ませることを予想して、どんどんとヒントを与える方式で答えに導いていこうとも考え、首を傾げた矢先だった。

予想していなかったことを言われることになる。

「呼び方を変えたことだよね？『春斗さん』から『春斗くん』って」

「……へ」

それは、頭が一瞬で真っ白になるような正解。

「ま、まままままま待って!? 春斗くん気づいとったと!?」

「クラゲに夢中になってたから、気づいたのは数回呼ばれたあとだけど、今まで気づいてなかったわけじゃないよ」

「で、でも……驚いとる様子とか全然なかったやろ!?」

「バイト先ではそう呼ばれることも多いから、呼ばれ慣れてるって感じかな。そ、それに……綾さんからそう呼ばれるのは嬉しかったから、変に触れて呼び方を戻されるのは嫌だったというか……」

「っ!!」

ただ気づいていないだけかと思っていたが、全然違った。

『呼ばれて嬉しい』と、この呼び方を認めてもらう言葉。

『戻されるのは嫌』だとの気持ち。

そして、『気づかれていないから！』と必要以上に名前を読んだ自覚。

いろいろな感情に襲われ、顔に熱がこもっていく。

全身から火が出そうになり、ぬいぐるみの首が折れてしまうくらいに強く抱きしめてしまう。

「じゃあ自分からも一つ。同じくクラゲコーナーの時から綾さんにしてることがあるんだけど、なにかわかる？」

「ん!? う、うちにしとること!? ふ、服にこっそりテープつけたとか？」

「はは、そんなイラズラはさすがにしないよ」

一応、簡単に服を確認してみるが……言われた通りそのようなものは見つけられなかった。

「これっぽっちも心当たりがないっちゃけど、本当になにかしとる……？ 正解教えてほしいばい」

「じゃあ正解は……俺も呼び方を変えたこと」

「……うーん？」

教えてもらった瞬間、パチパチとまばたきを早めながらどう呼ばれていたのかを思い出す。

「春斗《はると》くんって元々、『綾さん』呼びやったよね？」

「クラゲコーナーの前まではずっと『白雪《しらゆき》さん』呼びだよ」

「…………あっ!!　そ、そうやんっっ!!」

大きな間を空けて——今日一の驚きを見せる綾。

「えええ……。う、うち全然気づいとらんかった……。も、もう春斗くんって呼ぶことばっかり意識しとったけん……」

「ははは、これはあとから思ったんだけど、一緒にABEXする時に『Ayaya』さんって呼ぶこともあるから、『綾さん』呼びに違和感がなかったこともあるのかも」

「それ絶対影響しとると思う……」

呼び方を変えたことを教える立場のつもりが、いつの間にか逆の立場に。

なんとも言えない気持ちを感じながらも、本当に甘えたいことが浮かぶ。

「ねえ、春斗くん。ワガママ言うっちゃけど、うちのこと……もう1回呼んでほしいな」

「ただ呼ぶだけ……？」

「うん、教えてもらったから、聞いてみたい……」

今なら意識の持ちようも違う。呼ばれた時の感じ方も違う。

それをよくよく確かめるためにおねだりすれば、嫌な顔をせずに答えてくれる。

「綾さん」

「……」

目を合わせて、呼んでくれた。

それだけで胸が大きく高鳴る。気恥ずかしくなる。

でも、一度だけでは物足りなく感じる。

「もう1回……」

「あ、綾《あや》さん……」

「……」

「……」

「っと、もう終わり！」

春斗と目が合ったのはここまで。

口を強く閉じた春斗は……耳を赤くさせてタブレットに視線を落としたのだ。

この途端、数倍になった恥ずかしさが綾を襲う。

弱点の、春斗が照れたその表情を見てしまったことで。

「……よ、よしっ！　春斗さん、早くメニュー選ぼ！」

「ちょっと待って。呼び方が戻ってる……」

「う、うちにはクールタイムがあるとよ！　す、すぐ戻るけん！」

「絶対だよ？」

「う、うんうん！」

慣れないことを求めるものではない。この日、それも学んだ綾だった。

――お互いに抱き抱えられているぬいぐるみは苦しそうになっていた。

∮

時刻は21時30分過ぎになる。

デリバリーで届いた豪勢な食事を食べ終え、満腹の中、リビングでのんびりと楽しいひとときを過ごした後のこと。

「今日はありがとうね、綾さん。すごく楽しかったよ」

「うん……」

マンションのエントランスで、別れの挨拶を交わす春斗と綾がいた。

「ね、春斗くん……。うち、お家まで送るよ？」

「本当にありがとう。でも、その気持ちだけで。女の人が一人で出歩くにはもう遅い時間だから」

「うちが送りたいって甘えても……ダメ？」

「ダメ」

いつもならなんでも甘えさせてくれる彼が、このように即答する。

『絶対に譲れない』という意志を持っているのは見ての通り。

これはもう、どのような方法を取っても送らせてくれないだろう。

「その代わりといってはなんだけど、次は俺からできるだけ早く綾さんを遊びに誘うから」

「本当……やね？」

「本当」

「もし嘘《うそ》やったら……春斗くんの耳噛《か》むけんね」

「ははっ、そうならないように努めるよ」

「……なら、うん。我慢する……」

ここで別れるのは悲しいことだが、早く誘ってもらえるのは嬉《うれ》しいこと。

気持ちの切り替えをするように、大きく頷《うなず》く綾である。

「次に自分が綾さんを誘う時は、今日以上に楽しませられるように、いっぱいプラン練るから期待しててね」

「そう言ってくれると一生懸命プランを考えてよかったばい……。このお家にはいつでも遊びに来ていいけんね。近くに来ることがあったらちゃーんと連絡するとよ？」

「ありがとう。あとはこのお寿司《すし》も」

「どういたしまして」

お寿司の入った袋を軽く掲げ、わかりやすく示してくれる。

この丁寧さは本当に彼らしいこと。わかりやすく示してくれる。

「妹さんによろしくね、春斗くん」

「『綾さんから』ってちゃんと伝えとくね」

「お願いしますっ」

そして、キリよく会話が終わってしまった。

次の言葉で……別れの言葉を言われてしまうのは空気感でわ
この瞬間、別れ際にできることを『なにか……なにか……』とと
考える綾。

「それじゃあキリもいいってことで……。またね、綾さん」

「……は、春斗くん」

「ん？」

——ここで、一つだけ思い浮かぶ。

「さ、最後にお別れのハイタッチ！」

「お！　じゃあハイタッチ」

手をパーにして腕を伸ばせば、『喜んで』というように、大きな手を重ねてくれ
これだけで、心がポカポカするような温かさが伝わってくる。

だが……本当はハイタッチではなく、ギュッと手を繋《つな》ぎたかった。そのまま春斗を引
留めたかった。

でも、それはできなかった。

このハイタッチが初心《うぶ》な自分の中の……精一杯のスキンシップだったから。

別れを長引かせるようなことは、春斗を待っている妹を心配させてしまう行動でもあるから。

そして、ハイタッチの手が離れれば……笑顔を作る。

「春斗くん、これからもお仕事頑張っていこーね！」

「うん！　それじゃ、バイバイ綾さん」

「ぁ、あぁ～。やっぱりばいばいしたくないよぅ……」

「ははは、家に帰ったら連絡入れるようにするから」

「ううぅーん……」

思わず本音を溢《こぼ》してしまうが、行動に移して困らせるようなことはしない。

少しずつ離れていく春斗の背中を、最後まで見送っていく。

——そんな彼が足を止めたのは、曲がり角に差しかかった時。

「……あっ」

こちらを振り返って手を振られ、手を振り返せば、目を細めて曲が

春斗だった。

もう、姿が見えなくなった。

今、一番の寂しさに襲われるこの時だが——。

「ふふ……」

綾は少しだけ笑うことができたのだ。

これは気のせいかもしれない。

気のせいかもしれないが、彼が名残惜しそうな表情をしていたように感じたことで。

第六章 帰宅後の一幕

満天の星を見ながら街灯が差す帰路を辿《たど》り、名残惜しさに襲われながら春斗が自宅に着いた時。

「ただいまー！」

玄関ドアを開けながら挨拶を飛ばす春斗がいた。

すぐ目に入るのは揃《そろ》えられた柚乃《ゆの》の靴と、同じく揃えられている見慣れない厚底のスニーカー。

今日泊まりに来ると言っていた涼羽《すずは》が来訪していることを確認しながら、靴を脱いだ時。

リビングから足音が聞こえ、廊下とリビングを繋ぐドアが開かれるのだ。

「おかえり、お兄ちゃん」

「春斗お兄さん、お邪魔してます」

「あー！　話は聞いてるから大丈夫だよ。わざわざ出迎えありがとう」

玄関を上がり、笑顔で二人に挨拶する。

「涼羽ちゃんはこの前ぶりだね。学校は引き続き楽しめてる？」

「はい。おかげさまで」

「お兄ちゃんってば本当に心配症なんだから……。私にも毎回似たようなこと聞いてくるんだよ？」

「ふふふ、そうなんだ」

「し、しつこいのは自覚してるんだけどね」

両親が他界しているという特殊な家庭環境の中で学校に通っていた春斗だから、柚乃が同じ目に遭っていないか心配になる。

こそこそと噂《うわさ》されたり、からかわれたり、親の話題になることで、仲間外れになってしまったり……と。

涼羽はクォーターの遺伝子が大きく影響して、誰よりも目立つ銀の髪を持っている。

そのことで『黒髪じゃない』『気に入らない』『見た目が変』と、学校で理不尽にいじめられていた過去を知っているから、同様に心配になる。

これも全て——。

「ゆーも涼羽ちゃんも、本当に大切に思ってるから……。だからその、仕方ないってことで」

「ぁ、あの、嬉しいです……。とっても嬉しいです……」

「はあ……。涼羽ちゃんがいる前で私を入れないでよ恥ずかしい」

もじもじと体を縮こまらせながら思いを伝える涼羽と、ツンツンとした態度を見せる柚乃。

そんな二人を見て照れ笑いを浮かべる春斗は、まだ言えていなかったことを伝える。

「そ、そんなわけで！　今日はゆっくりしていってね、涼羽ちゃん。明日の朝、すぐ帰るようなこともしなくていいからさ」

「お、お気遣いありがとうございます……。お言葉に甘えます……」

「とんでもない、とんでもない」

ペコリと慎《つつ》ましく頭を下げる涼羽。サラサラとした綺麗《きれい》な銀髪が一緒に揺れ、より丁寧な所作に見えた。

「……てかさ、お兄ちゃん」

「ん？」

「ずっと気になってたんだけど、今日はなにを持って帰ってきたわけ？　明らかに置き場に困るようなやつがここから見えてるんだけど」

「あっ、これはね？　じゃーん！　ウミガメのぬいぐるみ！」

早速袋から取り出して、掲げるようにして二人に見せる春斗《はると》である。

「これどう？　可愛《かわい》いでしょ？　ね、涼羽ちゃん」

「え、えっと……。可愛らしいですが、本当に大きいですね……」

「あえて大きなのを選んだからね」

「はあ……。よかったね、お兄ちゃん。もし今日涼羽ちゃんがいなかったら私からグチグチ言われてたよ。まあ元より言われること覚悟で連れて帰ってきたんだろうけどさ」

「ははは……」

　全てバレていると乾いた笑いを漏らす他ない春斗である。

「ちなみにそれどこで買ってきたわけ？　ゲームセンターじゃまず見ないような商品だけど」

「水族館で買ってきたよ。のぞみ水族館ってところ」

「……は!?」

「……っ」

　ここで驚きを見せる二人である。

「お、お兄ちゃん今日は水族館に行ってきたの？　今日は仕事仲
てたじゃん」

「そうだよ？　だから水族館とかに遊びに行って……。え？　もしか
こと言ってる……？」

「いや、別に変なこと言ってるわけじゃないけど……。なんていうか、言っ
たっていうかさ」

「あぁー、確かにそうだよね。でも本当に楽しかったよ。デッカいクラゲ
いサメとか、可愛いペンギンもいて」

「まあ……お兄ちゃんが楽しめたならよかったけど」

　ここで横目で隣を見る柚乃。

　そこには動揺を露《あら》わにして固まっている涼羽がいる。

遊んでいた場所が水族館なのだ。

『デート』と考えるのは自然なことで……こうなってしまうのも仕方がないこと。

「ちょっとお兄ちゃんに聞きたいことあるんだけど、彼女でもできたわけ？」

「いやいや、そこは相変わらずだよ」

「ふーん」

間延びした声を出して春斗の目を見つめる柚乃。

長年一緒に生活しているだけに、これだけのことで嘘をついていないことを確信

だ。

「なにか引っかかることでもあった？」

「ただ聞いてみただけ。とりあえずお兄ちゃんはお風呂入ってきたら？　お

からさ」

「そうなの!?　じゃあ冷めないうちに入ってくるね！」

『今から帰ります！』という連絡をしてもらえたため、急いでお湯

のだ。

「……あっ、そうそう！　この袋はゆーと涼羽ちゃんのだから綾さんってい

う仕事仲間が『食べてね』って買ってくれたお寿司で、こっ俺がコンビニで買っ

てきたデザート。冷蔵庫に入れとくから好きな時に食

「そ、その気持ちは嬉しいけど……なんで綾さんって方、そこまで気を遣わせちゃったわ

け？　お寿司は高いんだから遠慮しなきゃダメでしょお兄ちゃん」

「もちろん最初は遠慮したよ。だけど、喜んでもらうた

「そ、そう言われたら……うん。じゃあもういい。お兄ち

りがとうございます』って言ってたって伝えてよ絶対」

「……あ、あの、わたしからもお願いします……」

「了解！　それじゃあ、メッセージを入れてからお風呂入るわ

玄関口での会話もここで一旦終了。

3人でリビングに。春斗はウミガメのぬいぐるみを一旦ソファ

コンビニで買ったデザートを冷蔵庫に入れる。

「それじゃ、俺はお湯に浸《つ》かってくるから二人もごゆっくり。……っ

個だけ！」

「は、はい!?」

「もしよかったらだけど、お風呂から上がったあとに、前に約束したチェ

い？」

「っ！　ぜ、是非お願いします……っ」

「やった！」

「なら私はボードの準備だけ済ませとくよ」

「助かるよ！　じゃ、俺は一旦行ってきます！」

そうして、スマホを手に持って浴室に向かっていく春斗。

リビングには柚乃と涼羽の二人になり、すぐに顔を見合わせる。

「ゆ、柚乃ちゃん……。春斗お兄さんが……」

「私も予想外だって。まさかお兄ちゃんが女の人と遊んでたなんてさ……」

異性の影がなかった人物だからこそ、思うことは同じ。

お互いに目を大きくして伝え合う。

「ただあの様子だと本当に仕事仲間ってだけで、彼女ができたわけじゃないね。お兄ちゃん嘘《うそ》つくの下手だから」

「う、うん……」

胸を撫《な》で下ろす涼羽だが、伏し目になって言葉を続けた。

「……でも、さすがは春斗お兄さんだね……。いつの間にというか……」

「ま、まあ一応は尊敬できる人だし……モテることは否定しないけど
できてないだけだし」

春斗のいいところはたくさん知っている二人なのだ。

『フリーでいるのがおかしい』というのが柚乃と涼羽の考え
「とりあえずお兄ちゃんが買ってきてくれたデザートでも食
着かない？　あっ、
ついでにお寿司も見てみよーよ」

「う、うん」

夜もまあまあ遅い時間帯。

すでに夕食を食べている二人だが、中身は気にな[illegible]である。

柚乃が冷蔵庫を開け、ひょこっと涼羽も覗《のぞ》き込む。

見る準備が整ったところで寿司折の蓋を開けた瞬間だっ[illegible]

「え……。なにこのネタの大きさ……。しかも大トロとかウ[illegible]金粉乗ってるし……。こ、これ絶対高いやつじゃん」

「こ、こんなに立派なお寿司、わたし初めて見た……」

『回らないお寿司を一つ一つ丁寧に箱に詰めました』というような[illegible]高校生の二人にとって、値段を知るのはとても恐ろしいほど。でき[illegible]にしたいと思うほど。

「これ、綾さんって人に絶対騙《だま》されて持ち帰ってるよ……。お兄ちゃんな[illegible]選ばせないようにするはずだもん……」

「春斗お兄さんのことよく知ってるってこと……かな」

「じゃなきゃ持って帰らせることできないよ。多分だけど無料のクーポン使った[illegible]れて納得させられてそう……」

こんなに豪華なものが無料になるわけがない。普通なら騙されるはずのないことだが、その光景が簡単に目に浮かぶ二人である。

優しく、純粋で、素直な春斗だから、手のひらで簡単に転がされるイメージが容易《たやす》く作れてしまうのだ。

「これ……絶対狙ってるよね、お兄ちゃんのこと。なんとも思ってない人の身内にこんなお金は使わないと思うし」

「うぅ……」

同意見だというように涼羽《すずは》の口から漏れる弱々しい声。

「まあこればっかりは一旦気持ち切り替えるしかないね。これから一緒にチェスするんだから、お兄ちゃんに気遣われちゃうよ？」

「ゆ、柚乃《ゆの》ちゃんの言う通りだね。うん……」

鈍いところの多い春斗だが、このようなことはなぜか誰よりも敏感で、すぐにとができるのだ。

一緒に楽しむためにも、気遣われるのは避けたいこと。

「それじゃ、涼羽ちゃんはデザートなににする？　ゼリーにプリンにケご丁寧に2個ずつ」

「わ、わたしはプリンがいいな……」

「じゃあ私もプリンと。はいどうぞ」

「ありがとう……」

両手でプリンを手に取る柚乃は、プラスチックのスプーンと一緒に涼羽に渡す。

そして二人で椅子に座り、食べながら会話を続けるのだ。

そうして、スマホを手に持って浴室に向かっていく春斗。

リビングには柚乃と涼羽の二人になり、すぐに顔を見合わせる。

「ゆ、柚乃ちゃん……。春斗お兄さんが……」

「私も予想外だって。まさかお兄ちゃんが女の人と遊んでたなんてさ……」

異性の影がなかった人物だからこそ、思うことは同じ。

お互いに目を大きくして伝え合う。

「ただあの様子だと本当に仕事仲間ってだけで、彼女ができたわけじゃないね。お兄ちゃん嘘《うそ》つくの下手だから」

「う、うん……」

胸を撫《な》で下ろす涼羽だが、伏し目になって言葉を続けた。

「……でも、さすがは春斗お兄さんだね……。いつの間にというか……」

「ま、まあ一応は尊敬できる人だし……モテることは否定しないけどね。忙しいから恋愛できてないだけだし」

春斗のいいところはたくさん知っている二人なのだ。

『フリーでいるのがおかしい』というのが柚乃と涼羽の考えていること。

「とりあえずお兄ちゃんが買ってきてくれたデザートでも食べて落ち着かない？　あっ、ついでにお寿司も見てみよーよ」

「う、うん」

け？　お寿司は高いんだから遠慮しなきゃダメでしょお兄ちゃん」

「もちろん最初は遠慮したよ。だけど、喜んでもらうために贈りたかったんだって」

「そ、そう言われたら……うん。じゃあもういい。お兄ちゃん、その綾さんって方に『ありがとうございます』って言ってたって伝えてよ絶対」

「……あ、あの、わたしからもお願いします……」

「了解！　それじゃあ、メッセージを入れてからお風呂入るね」

玄関口での会話もここで一旦終了。

3人でリビングに。春斗はウミガメのぬいぐるみを一旦ソファーの上に置き、お寿司《すし》とコンビニで買ったデザートを冷蔵庫に入れる。

「それじゃ、俺はお湯に浸《つ》かってくるから二人もごゆっくり。……っと、涼羽ちゃんに1個だけ！」

「は、はい!?」

「もしよかったらだけど、お風呂から上がったあとに、前に約束したチェスを一緒にしない？」

「っ！　ぜ、是非お願いします……っ」

「やった！」

「なら私はボードの準備だけ済ませとくよ」

「助かるよ！　じゃ、俺は一旦行ってきます！」

遊んでいた場所が水族館なのだ。

『デート』と考えるのは自然なことで……こうなってしまうのも仕方がないこと。

「ちょっとお兄ちゃんに聞きたいことあるんだけど、彼女でもできたわけ？」

「いやいや、そこは相変わらずだよ」

「ふーん」

間延びした声を出して春斗の目を見つめる柚乃。

長年一緒に生活しているだけに、これだけのことで嘘をついていないことを確信するのだ。

「なにか引っかかることでもあった？」

「ただ聞いてみただけ。とりあえずお兄ちゃんはお風呂入ってきたら？　お湯は張ってるからさ」

「そうなの!?　じゃあ冷めないうちに入ってくるね！」

『今から帰ります！』という連絡をしてもらえたため、急いでお湯を浴槽に溜《た》めた柚乃なのだ。

「……あっ、そうそう！　この袋はゆーと涼羽ちゃんのだからね。こっちが綾《あや》さんっていう仕事仲間が『食べてね』って買ってくれたお寿司で、こっちの袋は俺がコンビニで買ってきたデザート。冷蔵庫に入れとくから好きな時に食べてね！」

「そ、その気持ちは嬉しいけど……なんで綾さんって方にそこまで気を遣わせちゃったわ全てバレていると乾いた笑いを漏らす他ない春斗である。

「ちなみにそれどこで買ってきたわけ？　ゲームセンターじゃまず見ないような商品だけど」

「水族館で買ってきたよ。のぞみ水族館ってところ」

「……は!?」

「……っ」

ここで驚きを見せる二人である。

「お、お兄ちゃん今日は水族館に行ってきたの？　今日は仕事仲間と遊びに行くって言ってたじゃん」

「そうだよ？　だから水族館とかに遊びに行って……。え？　もしかして俺、なにか変なこと言ってる……？」

「いや、別に変なこと言ってるわけじゃないけど……。なんていうか、行き先が意外だったっていうかさ」

「あぁー、確かにそうだよね。でも本当に楽しかったよ。デッカいクラゲとか、カッコいいサメとか、可愛いペンギンもいて」

「まあ……お兄ちゃんが楽しめたならよかったけど」

ここで横目で隣を見る柚乃。

そこには動揺を露《あら》わにして固まっている涼羽がいる。

「……って、今思ったんだけど、お兄ちゃんあのでっかいウミガメ持ってコンビニに入っていったってことだよね？　恥ずかしくなかったのかな」

「ぁ、そうだよね。恥ずかしく思ってたかも……」

「あと、店員さんに自慢してなければいいけどね。ぬいぐるみ出してさ」

「ふふふっ」

どんな気持ちでコンビニに入ったのか、それは本人のみぞ知るところ。

だが、恥ずかしい気持ちを我慢して買ってきてくれた可能性を考えれば――『素直になれない』を発動させ、軽口を言いながらプリンをパクリと食べる柚乃である。

「ゆ、柚乃ちゃん」

「ん？」

「綾さんってどんな人なのかな……」

「最終的にはお兄ちゃんに聞くとして、現状で考えられる感じだと、経済力があって優しい感じの人だと思うよ。人を見る目もあるね」

喜んでもらいたいという気持ちで、あのお寿司を買えるところ。春斗に目をつけたところ。

ここから判断する柚乃である。

「……他には、綾さんって人も普通にモテてそうかな。お兄ちゃんが『水族館行こう』ってセンスある誘いできるはずないし、名前からしてオーラがあるっていうか」

「そんなに不安を煽《あお》らないで……」

「そんなつもりないって！って、涼羽ちゃんが私に聞いたんじゃん!!」

「だ、だって……」

「はあ。しょうがないなあもう」

手をモジモジしながら申し訳なさそうに。

柚乃と同じことを思っていて、不安に駆られてしまったことで思わず言ってしまった涼羽だったのだ。

「じゃあ次はいい内容ってことで、そもそもの話、涼羽ちゃんお兄ちゃんから遊びに誘われてるじゃん。挽回《ばんかい》のチャンスはいくらだってあるって」

「……えっ？」

「ん？」

『あっ！』と、喜んでもらえる反応を期待していた柚乃の目に映ったのは、心当たりがないというようにまばたきを速める涼羽。

この表情を見た途端、逆に「あ……」の声を出す柚乃である。

「えっと、ごめん涼羽ちゃん……。もしかしてまだ言ってなかったっけ……？　今度お兄ちゃんと一緒にお洋服を買いに行くんだけど、涼羽ちゃんもどうかなって誘ってたってお話」

「なにも聞いてないよ……っ」

「あ、あは……。本当にごめんごめん……。涼羽ちゃんが泊まりに来るのが楽しみでうっかりしてたよ、まずはお兄ちゃんの予定を教えてもらってから、詰めていく流れでもあってさ」

これを話しておけば、涼羽がモヤモヤすることも少なかっただろう。

大きな不安に駆られることもなかっただろう。

言われてなかったことで、想《おも》いの大きさがさらにバレてしまった涼羽でもある。

「そんなわけで、土曜日を空けるようにお願いしてもいい？　お兄ちゃんの休みが土曜日だから、多分この日になると思う」

「うん、わかった」

コク、と頷《うなず》いてプリンを口に運ぶ涼羽。

春斗《はると》から誘ってもらえたことを知ったことで、焦りの気持ちを払うことができたのだろう。

先ほどに比べ、プリンを食べるペースが速くなっていた。

「一応言っておくけど、ちゃんと二人きりになれるようにしてあげるからね、涼羽ちゃん」

「そ、そんなに気を遣わなくて大丈夫だよ……。わたしは春斗お兄さんと遊べるだけで嬉《うれ》しいから……」

「ふーん。私と遊ぶのは嬉しくないんだー。酷《ひど》いなー」

「ゆ、柚乃ちゃんの意地悪……」

「はは、冗談だって冗談」

涼羽が調子を取り戻したことを感じてすぐ、普段の口撃を繰り出す柚乃。

それからもお互いにプリンを食べながら、途切れることのない弾んだ会話を続けて何十分過ぎたろうか。

「お風呂気持ち良かったよ〜」

濡《ぬ》れた髪をタオルで拭き、ふわふわとした声を上げながら柚乃と涼羽のいるリビングに顔を出す春斗がいた。

「うわ、涼羽ちゃんがいるからってお兄ちゃんパジャマじゃないや。せっかく用意してあげたのに」

「べ、別にこのくらいは見栄《みえ》を張っていいでしょー？　涼羽ちゃんもそう思わない？」

「わたしは春斗お兄さんのパジャマ姿も見てみたいですよ」

「そう言ってくれるのは嬉しいけど却下で。あはは」

誰にでも当てはまることだろうが、親しい相手には少しでもいいと思える自分を見せたいもの。

「涼羽ちゃんが可愛《かわい》いからって色目使うようなことしちゃって」

「引かれないための工夫だよ工夫。それに俺なんかが色目を使うようなことしても涼羽ちゃんには効かないんだから。ねえ？」

「ぁ」

そう確信しているように、にへらと笑って再度促す春斗。

これは会話に入れさせるために気遣ってくれていることだが――涼羽にとってはとんでもないキラーパスである。

「……」

事実であるために肯定はできず、恥ずかしいために正直にも言えず、赤くなる顔を伏せてしまう。

「顔を出して早々、涼羽ちゃんを困らせるってお兄ちゃんどんだけ意地悪なんだか」

「いや！　そんな意図はなくって！　本当ごめんね!?」

「いえ、わたしの方こそ上手に返すことができなくて……」

冗談で返すことができたらこんなことにもならなかったが、今の涼羽には絶対にできないと言えることだった。

お風呂上がりで髪が少し濡れていて、普段とはまた違った髪型になっている春斗だから。

いつも以上にカッコよく映ってしまっているだけに。

「そもそも、お兄ちゃんは髪を乾かしてからリビング来なよ。洗面台にドライヤー置いてるんだから」

そして、場を繋《つな》ぐようにツッコミを入れる柚乃。

これは涼羽が赤面している理由を看破しているからこそ、言うことでもある。

「そ、それはなんて言うか……もう夜も遅い時間だから、みんなと会話したり、チェスをする時間に使った方が有意義だなって！」

「そうやってウキウキしてられるのは今のうちだよ、どうせ。チェスでボロボロに負けちゃうんだから」

「そう思うでしょ？　でも結構勉強してるから、いい勝負ができると思ってるんだよね」

「……本当にありがとうございます、春斗お兄さん」

「全然全然」

一緒に遊ぶためにルールを覚えてくれたことを知っているのだ。この事実だけで胸が温かくなる。

「むしろチェスができるようになったおかげで、涼羽ちゃんをゆーに独り占めされにくくなったというか」

「ふふふ、そうかもしれないですね」

「二人してなに言ってるんだか……。私が涼羽ちゃんを誘ってるんだから、独り占めするのは当たり前じゃん」

ため息の次に両手を腰に当て、半目になって言い返す柚乃である。

ここまで『呆《あき》れ』の態度が出てしまうのは、春斗の冗談にまんざらでもなさそうに微笑《ほほえ》んでいる涼羽を視界に入れて。

『本当、わかりやすいんだから……』と、素直に思うほどだったから。

「まあ今後、涼羽ちゃんが家に来た時はジュース2本で貸し出してあげるよ。だからなにかあったら言って」

「なんか勝手に言われてるけど大丈夫？　涼羽ちゃん」

「もちろん大丈夫ですので、その際には……」

「じゃあその時はお言葉に甘えて」

春斗の顔を見るために自宅に訪れる時もある涼羽なのだ。

そんな事情まで知っている柚乃だからこそ、勝手を言うことはあっても不都合なことはなにも言わない。

涼羽にとって嬉しいことを言うようにしてくれるのだ。

「お兄ちゃん、ジュースはオレンジとアップルがいい」

「果汁100％のやつを買うようにするよ」

「それお値段するから別のでいいよ」

「気にしない気にしない」

「私が気にするんだけど」

「ふふっ」

相変わらずの兄妹の会話。そして、喜ぶためならとお財布の紐《ひも》を緩める春斗の言葉に笑みを溢《こぼ》す涼羽である。

「あ、それでちょっと話が変わるんだけど、お寿司《すし》を買ってくれた綾《あや》さんから返信があって、『二人のお礼受け取りました！　遠慮なく食べてね！』って伝言を預かったから、今のうちに伝えるね」

「わざわざ返してくれたんだ……。めちゃくちゃ優しい人なんだね」

「うん。本当に優しい人だから、ゆーと涼羽《すずは》ちゃんも絶対に仲良くなることができると思う」

春斗からすれば、仲良くできないところを想像できないのだ。

「……あ、あの、春斗お兄さん。綾さんって方は優しい以外にどのような人……なんですか？」

「そうだなぁ……。簡単に挙げると、フレンドリーで、明るくて、裏表がなくて、誰にでも好かれるようなタイプ……かな」

このような説明は苦手で、ちょっぴり恥ずかしい内容。頬を掻《か》きながら口を動かす春斗である。

「お兄ちゃんベタ褒めじゃん」

「そのくらいにいい人だし、嫌な人と遊んだりはしないからね。あとは年齢も自分の2コ下の大学一年生だから、話題もいろいろ合うと思うよ」

「へ？　お兄ちゃんの2コ下ってことは……18歳ってこと!?」

「そうだけど、なにか驚くことでもあった？」

ごくごく普通の年の差。

しかしながら、一回りも二回りも離れていることを聞いた時のような反応をする柚乃《ゆの》に、疑問を覚える春斗である。

「えっと……少し言葉が悪くなっちゃうんだけど、大学生が買えるようなお寿司じゃないみたいな……。そうだよね、涼羽ちゃん」

「う、うん。見た時にビックリしたくらいで……」

「ビックリした……？　え、ちょっと待ってね。確認してくる！　特上みたいなのはダメって言ったんだけど……」

嫌な予感に襲われているように声を震えさせる春斗は、冷蔵庫のドアを開けて寿司折の蓋を取る。

次には『え!?』と、肩を上下に揺らすほどに驚くのだ。

その表情を浮かべたまま振り返る春斗は、ありのままを報告することになる。

「あ、あの……どうしよ。これ、プレミアムって枠にあったお寿司だ……。特上からさらにこだわりましたみたいな……」

「あのさぁ、お兄ちゃんはなんで注文する時に気づかなかったわけ……？　普通はわかるでしょ」

「それはその……最初に自分たちのメニューを選ぶようにして、お金を半分渡したあとに綾さんが一人でこのお寿司を選ぶ流れだったというか……。最終的なお支払いも綾さんだったというか……」

「ふふっ」

グイグイと柚乃に詰められていく春斗。

それは言葉だけでなく、顔と顔の距離までも。

そして、この様子を微笑ましく見つめる涼羽である。

「ま、まあ嬉しいよ？　こんなお寿司を食べられる機会ないから本当に嬉しいけどさ、年上のお兄ちゃんが完全にしてやられるのはダメでしょ。『遠慮なく食べてね』って言葉はここに繋がってるわけだし」

「あ、ああ……っ！　だからごめんなさいの絵文字がついてたんだ！　なんか合ってないなって思ってて!!」

「はあ……。もう……」

ここでこんなにもスッキリとした表情を見せられたら、追及する気ももう削《そ》がれてしまう。

本当に、心の底から自慢の兄だと思っている柚乃で、反抗期を迎えていながらも『お兄ちゃんがいてくれて本当によかった』と常々感じているが、ここだけは問題に捉えているのだ。

この肝心なところが抜けているせいで、いろいろ心配になってしまうのだ。

『直してほしいのはここ！　ここさえ直してもらえたら……』なんて思っていることだが、諦めつつあること。

ガクッと肩を落とす柚乃は、ゆっくりと首を回して涼羽にジト目を向ける。

『本当の本当にいいの？　苦労するよー？』というような視線の訴えに対し、目を細め、迷うことなく頷《うなず》くのだ。

『本当に大丈夫だよ』と。

ずっと一緒に生活している柚乃だからこそ、揺るぎないことなのだろう。

でも、そんなところも好ましく思っている涼羽なのだ。

さらには、『綾』という優しくて、素敵で、経済力まで持っている人が好意を寄せているというのは……それだけ春斗《はると》が魅力的な人物だという証拠なのだ。

ライバルがいるというのはもちろん不都合なことだが、こればかりは春斗に好意を寄せた時から覚悟していたこと。

どんな男の人よりも素敵だと感じていて、いつ彼女ができても不思議じゃないと思い続けていたのだから。

「……そっか」

「ゆー？　『そっか』って？」

「なんでもなーい。……っと、私の話はもういいから涼羽ちゃんとチェスしてるところを見せてよ」

「あはは、ゆーに賛成。ボードの準備も整えたわけだし。涼羽ちゃんもＯＫ？」

「はい。是非手合わせをお願いします。春斗お兄さん」

「よーし！　本気でいくから覚悟してね！」

そう言って気合いを入れるように伸びをしながら、チェスボードが置かれたテーブルに近づいていく。

そして、涼羽と対面するように椅子に座る。

「ねえ、お兄ちゃん。せっかくだし負けた方が罰ゲームみたいなの作ったら？」

「俺はどっちでも大丈夫だから、涼羽ちゃんに任せるよ」

「では……三番勝負で、負けた方が勝った方のお願いを聞くというのは……どうですか？」

「いいねえ！　お願いの内容については、常識的な範囲っていうか、叶《かな》えられる範囲ってことで大丈夫だよね？」

「そちらでお願いします」

「了解！」

勝負をするからには、負けることは想像しない。

『どんなことを叶えてもらおうかな……』と、頭の片隅で考えながら、柚乃に声をかけるのだ。

「ゆー。応援期待してるよー」

「私が応援するのは涼羽ちゃんだけど」

「お、俺じゃないの!?」

「うん、お兄ちゃんじゃない」

柚乃の即答に衝撃を受けた顔を作る春斗。

そして……この表情にも目を奪われてしまう涼羽である。

「まあお兄ちゃんが1勝でもしたら勝てるように応援してあげないこともないけど」

「約束だよ？」

「わ、わかってるって……。だからそんな嬉《うれ》しそうな顔しないでよ」

途端に視線を逸《そ》らす柚乃。

言葉にできないくらいに恩を感じている春斗であるからこそ、この表情にはどうしても面映くなってしまうのだ。

「では、先手は春斗さんにお譲りします」

「いいの!? 先手の方が有利だよ？」

「後手でも春斗さんに勝つ気でいますから」

「ほうほう……。じゃあお言葉に甘えて」

そうして、真剣な表情に変わる春斗が先手を打って始まるチェス——。

「ちょ、ちょょっとストップ！　一旦ストップ！　涼羽ちゃん、もうちょっとそのえげつない攻撃を緩めてもいいんじゃないかな？」

「ふふふっ、まだまだこれからですよ」

リビングには——春斗の焦った声が。

構ってもらえて、相手をしてもらえて嬉しそうな涼羽の笑い声が。

「お兄ちゃん、その盤面絶対ヤバいじゃん。『いい勝負ができると思ってる』って言ってなかったっけ」

「こ、これはその涼羽ちゃんが強すぎるんだって！」

そんな二人がチェスをしている様子を見て、ウミガメのぬいぐるみを抱えながら楽しそうに茶々を入れる柚乃の声が聞こえていたのだった。

「はあ〜。楽しかったな……。本当に楽しかったな……」

時は少し前に遡る。

マンションのエントランスから春斗を見送り、綾《あや》が自宅に戻ってからのこと。

ペンギンのぬいぐるみを抱きしめ、ソファーの端に腰を下ろしてこの声を漏らす綾がいた。

「本当……幸せだったなあ」

そんな綾が座っている場所は、玄関を出る前まで春斗が座っていたところ。

まだ彼の体温が残っているその場所で、今日のことを鮮明に思い返しながら呟《つぶや》いていたのだ。

(春斗くん、次はいつ誘ってくれるかな……)

『できるだけ早く誘うようにする』と言ってくれたものの、土曜日しか休みのない多忙な人なのだ。

そんな休日にも配信をしなければいけない人なのだ。

家に帰ったらきっと、家族の学費を稼ぐために仕事を始めることだろう。

そんな人だから、『来週』というような日に遊べるとは考えづらいこと。

寂しいことだが、これればかりは催促をせずに、彼のタイミングをゆっくり待つのが一番なこと。

でも――。

（また春斗くんと遊べることができるから、前向きにやね……！）

今日こんなに楽しめたのだから、『くん』呼びができたのだから、自宅に招くことができたのだから、次の約束ができたのだから、初デートは大成功なのだ。

「よしっ！　次に誘ってもらうことをご褒美にして……うちもお仕事いーっぱい頑張ろう!!……さて！」

ぬいぐるみの頭を撫《な》でながら前向きに考えた後、綾は今日着用したボディーバッグに手を伸ばす。

ゴソゴソと中を漁《あさ》り、取り出すのはあのお店でこっそりと購入した春斗とお揃《そろ》いのワイヤレスイヤホン。

無意識にむふむふとなる表情で開封し、現物を手に取れば、パタパタと足音を立てて配信部屋に移動してすることは一つ。

ＰＣが乗ったモニター台の横にインテリアのように設置するのだ。

「ふふ、これでいつもより配信頑張れそう……」

お揃いだからか、彼が近くで応援してくれている気がする。

本当は堂々と購入したかったが、『お揃いでもいい？』と聞きたかったが、それは気が引けたこと。

（今の関係やとまだ、『うわー』って思われるはずやもんね……）

綾が一番恐れているのは、彼に嫌われること。

また、どうしてもお揃いにしたかったのは……心の余裕を作るためだったのだ。

なぜなら——頼り甲斐《がい》があって、美人で、優しくて、尊敬していて。非の打ち所がないような先輩のリナが……いつの間にか彼と仲良くしていることを聞いたから。

彼の妹とも仲良くしていることを聞いているから。

自分よりも関係が進んでいるから、釣り合いが取れるようにしたかったのだ。

今日、共通の話題とも言えるリナの話題を出さなかったのは、自分が嫉妬してしまうことがわかっていたから……。

「こんなに嫉妬深くても、春斗くん許してくれるといいな……」

ボソリと。

これぱかりは直そうとしても、直せないこと。

お揃いのイヤホンに触れながら、心を落ち着かせる。

そうして、配信部屋からリビングに戻った時だった。

「……」

足をパタリと止めた綾は、ふと目に映す。

今日の食事で使った——テーブルの上にまとめられた取り皿とコップを。

「…………」

テレビの音声だけが静かに流れるこの場。

なにか考えついたように口を真一文字に結び、まばたきだけ繰り返す綾は、そそくさとテーブルに近づいていく。

正確にはコップに向かって近づき、両手で触れるのだ。

この瞬間に脳裏によぎるのは……このコップを使って春斗が飲み物を口に含んでいた様子。

鮮明に思い出せば思い出すだけ、頭が沸騰していくように熱くなる。

理性が焼け溶けたようになって、なにも考えられなくなって……。

コップを口元に近づければ、心臓の鼓動が激しくなっていく――。

「――って!!　う、うううううちはなんてことしよると!?　こ、こんなことしたらダメやろ!?」

口が触れる寸前だった。

一人、声を上擦らせながらコップを急いで元の位置に戻し、冷静になる。

肩で息をしながら、とんでもないことをしようとしたと自己嫌悪に陥《おちい》る。

「……」

こんなことになるなら、『帰る前に洗い物しちゃうね』という彼の言葉に甘えた方がよかったと後悔する。

「もうぅ……。うちはどれだけ春斗《はると》くんに惚《ほ》れとるとよ……」

心からの叫びで、声を震えさせる。

この行動を取ってしまった時点で、自制が効かなかったくらいに大好きなのだと自分の中でわかってしまった。

中学、高校と女子校に通い、異性にあまり触れてこず、初めてした恋だから……自分が自分でないような行動をしたことが怖かった。

「あ、頭を冷やさんと……」

取り皿とコップを急いでシンクに運び、頭の熱を逃すように蛇口から流れる冷水をすぐに手に当てる。

その水が跳ねて、あのコップの縁に当たったことを目視した途端だった。

『もったいない』という感情に襲われ──。

「──も、もおおおおおっ！　うちってばなんでこんなぁ……!!」

またしても自己嫌悪に囚《とら》われる。

それはもう、今までの人生で一番苦しかったと言える食器洗いだった。

「本当に疲れたあ……。はぁ」

無事に終わらせるも、疲労困憊《こんぱい》。

重たい体を回復させるように、ソファーに腰を下ろそうとした矢先、タイミング良く、テーブルに置いたスマホから通知音が鳴ったのだ。

「っ!!」

『帰ったら連絡する』という言葉を彼からもらっていた綾。

春斗からの連絡かと急いで画面を確認すれば、そこに表示されていたのは――『配信者《ストリーマー》限定大会、えべまつり運営』の文字。

「あ……」

出鼻をくじかれてしまったような感覚だが、楽しみにしている大会運営事務局からのメッセージ。

すぐに返信を入れようと、メールの内容を確認した瞬間。

「えっ!?」

頓狂な声を上げ、手からスマホを落としてしまう綾。

それくらいの衝撃を受けたのは、メッセージに記載されていた今大会のチームメンバーを見てのことだった。

配信者《ストリーマー》限定のABEX大会、通称えべまつりの開催まで残り2週間となった日曜日。

『え、これマジで言ってるんかwww』

『絶対炎上するって（笑）』

『いくらなんでもメンバーが可哀想《かわいそう》じゃねw』

『愚者が入ってるやんけ！』

『運営遊び始めてて草』

SNS、Twitto《ツイット》を利用するABEXプレイヤーは大きな盛り上がりを見せていた。

トレンドには『えべまつり』の他に、『Axcis crown』と『鬼ちゃん』の3つが入っていた。

なぜこのような現象が起きてしまったのか。

それは、えべまつり公式運営事務局がTwitto《ツイット》に公開した宣伝PVが、過去のものと一線を画していたから。

正確に言えば、最後にそのようになっていたから。インパクトがありすぎるものだったから。

最初は和太鼓などの和楽器で奏でる音楽が流れる中、チーム（1）三人《トリオ》のプレイヤーI

Dと MouTube のアイコンが浮かび上がり、配信者がわかりやすく紹介されていく。

それがチーム（19）まで順調に続き、大トリを飾るチーム（20）。

プロゲーミングチーム、『Axcis crown』のメンバーが二人。

『Ac_RiNa』

『Ac_Ayaya』

そして――。

『?・?・?・?・?・?・?・?』

謎のＩＤに包まれた最後のメンバーが紹介された瞬間である。

和太鼓などの和楽器のＢＧＭが止まり――不吉さを感じさせる重低音の風の音に吹き替えられ、映像が暗転する。

その数秒後、廃墟《はいきょ》のような場所に画面が移り変わり、ＣＧで作られた全身真っ黒の、容姿が隠された大男が奥からゆっくり歩いてくる。

まるで映画のような映像で、フードを被《かぶ》った大男の顔が画面から見切れた時、背後からの銃声が一発。

途端に足を止め、その男が後ろを振り返れば――背中に刻み込まれていた。

数秒間にわたって映る『鬼』の一文字が。

そして、ABEX のキャラが使用するような、超必殺技《ウルト》を大男も使う素振りを見せ、灰のように消え去った途端。

轟音《ごうおん》と共に落雷が落ちる演出が入り――。

『配信者《ストリーマー》限定のABEX大会、えべまつり開催まで残14日!!』の文字で終わるというPV。チーム（20）の隠された『？？？？？？？？』のIDメンバー。それが一体誰なのかはもうお察しの通り。

力が入った宣伝でもあり、予想外すぎる人物の参加だからこそ、もう話題性は凄《すさ》まじいもの。

『鬼ちゃん参戦とかマジでどうなるん!?』

『荒れ荒れの大会になるなこれww』

『今回のえべまつりやべえ楽しみだわ（笑）』

『まあ正直、運営はセンスある（笑）』

このような呟《つぶや》きがたくさんにわたり、ABEX関連の話題が複数トレンド入りしたのだ。

「……」

そんな渦中にいる男――鬼ちゃんこと春斗は、とめどなく流れる通知を無視しながら、何度もそのPVを見返しては真っ青な顔をしていた。

「い、いや……。宣伝は自由にしてくださいってお送りしたけど、こんなことするとは思わないよ運営さん……」

降りかかるプレッシャーに負けるように、弱々しい声を漏らしながらベッドに倒れ込んでしまう春斗だった。

あとがき

今巻は続刊ということで、皆様お久しぶりです。

この度、『煽《あお》り系ゲーム配信者（20歳）、配信の切り忘れによりいい人バレする。』の2巻をお買い上げいただき、ありがとうございます！

今回、原稿作業中にデータが消えてしまうというトラブルがありましたが、なんとか乗り切ることができました。

そして、この刊行に至るまでに多くのサポートをいただきました本作……楽しくお読みできておりましたら幸いです。

また、1巻同様に美麗で可愛《かわい》く、エピローグの挿絵ではカッコいいイラストで本巻を華やかにしてくださった麦うさぎ先生、いつも本当にありがとうございます！

相も変わらずですが、素敵なイラストを見ることで活力を高めておりました。

加えて本作に関わってくださった皆様にもお礼申し上げます。

ご迷惑をおかけすることも多々ありましたが、たくさんのご協力を賜り、今回も発売することができました。

改めてありがとうございました！

最後になりますが、数ある作品の中から本作をお手に取ってくださり、本当に感謝申し上げます。

次巻は配信者限定大会、えべまつりとAxcis crownのオーナー、千夜《ちよ》さんの登場シーンも増やせたらなと考えております。

そして、本作の帯にありました通り、コミカライズ企画も進行中ですので、併せてお楽しみにしていただけたら嬉《うれ》しく思います。

それではまた続刊ができますことを祈りまして、あとがきの方を締めさせていただきます！

夏乃実

作品のご感想、
ファンレターをお待ちしています

あて先

〒141-0031

東京都品川区西五反田 8-1-5 五反田光和ビル4階

ライトノベル編集部

「夏乃実」先生係／「麦うさぎ」先生係

煽り系ゲーム配信者（20歳）、配信の切り忘れによりいい人バレする。2

発　行　2024年4月25日　初版第一刷発行

著　者　夏乃実
発行者　永田勝治
発行所　株式会社オーバーラップ
〒141-0031　東京都品川区西五反田8-1-5
校正・DTP　株式会社鷗来堂
印刷・製本　大日本印刷株式会社

Printed in Japan　ISBN 978-4-8240-0791-9 C0193

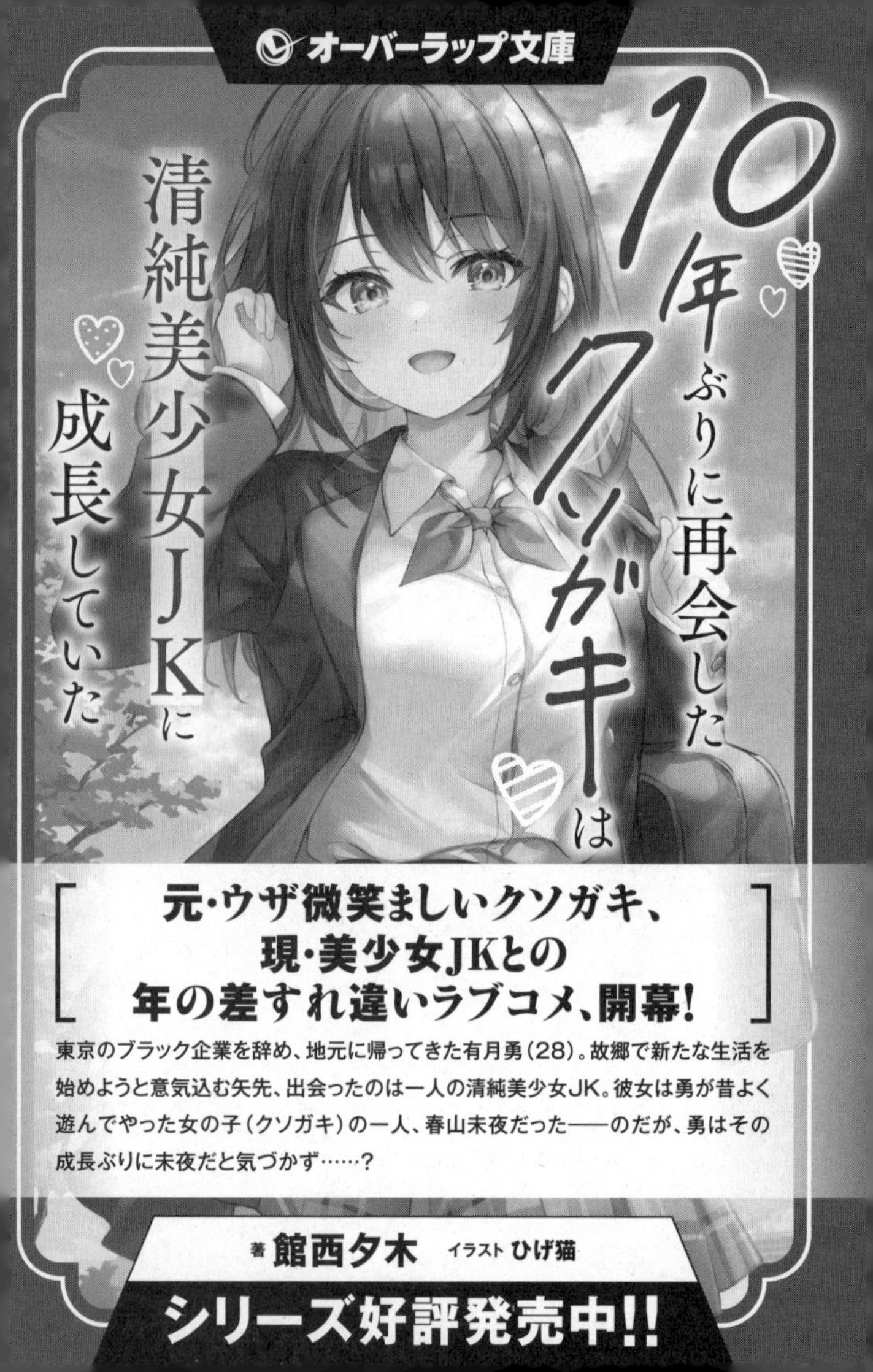
オーバーラップ文庫
10年ぶりに再会したクソガキは
清純美少女JKに成長していた
元・ウザ微笑ましいクソガキ、
現・美少女JKとの
年の差すれ違いラブコメ、開幕!
東京のブラック企業を辞め、地元に帰ってきた有月勇(28)。故郷で新たな生活を始めようと意気込む矢先、出会ったのは一人の清純美少女JK。彼女は勇が昔よく遊んでやった女の子(クソガキ)の一人、春山未夜だった——のだが、勇はその成長ぶりに未夜だと気づかず……?
著 館西夕木 イラスト ひげ猫
シリーズ好評発売中!!

オーバーラップ文庫
ある日突然、ギャルの許嫁ができた
ONE DAY, OUT OF THE BLUE,
I GOT A GAL'S FORGIVING WIFE.
よろしくね。
あたしの自慢の旦那さん♥
「実はな、お前には許嫁がいるんだ」―― 両親からそう告げられたのは、自他ともに認める陰キャ男子・永沢修二。しかもその相手はスクールカースト最上位、ギャルなクラスメイト・華月美蘭。当初は困惑する修二だが、次第に美蘭に惹かれていき……？
著 泉谷一樹
イラスト なかむら
キャラクター原案・漫画 まめぇ
シリーズ好評発売中!!

オーバーラップ文庫
ネットの『推し』とリアルの『推し』が隣に引っ越してきた
MY FAVE PERSONS MOVED INTO CONDOMINIUM WHERE I LIVE.
VTuber・声優・幼馴染――
『推し』たちが家にいる夢のような生活
大学生・天童蒼馬が住むマンションに、突如大人気VTuberとして活躍する林城静と、アイドル声優の八住ひよりが引っ越してきた。偶然にも二人は蒼馬の『推し』たちだった!!　喜ぶ一方、彼女たちと過ごす日常は波乱に満ちていて……!?
著 遥 透子　イラスト 秋乃える
シリーズ好評発売中!!

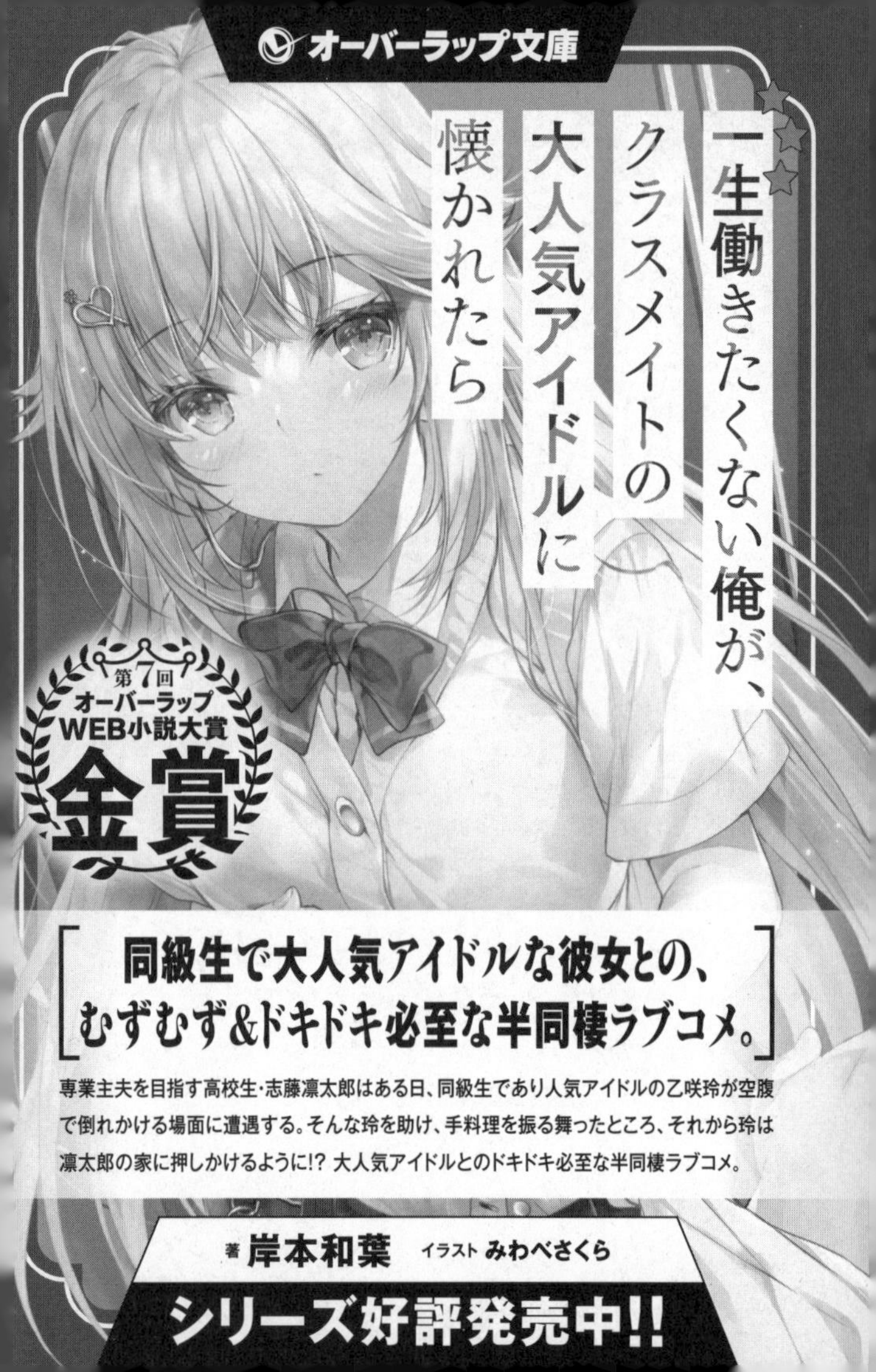
オーバーラップ文庫
一生働きたくない俺が、
クラスメイトの
大人気アイドルに
懐かれたら
第7回
オーバーラップ
WEB小説大賞
金賞
同級生で大人気アイドルな彼女との、
むずむず&ドキドキ必至な半同棲ラブコメ。
専業主夫を目指す高校生・志藤凛太郎はある日、同級生であり人気アイドルの乙咲玲が空腹で倒れかける場面に遭遇する。そんな玲を助け、手料理を振る舞ったところ、それから玲は凛太郎の家に押しかけるように!? 大人気アイドルとのドキドキ必至な半同棲ラブコメ。
著 岸本和葉 イラスト みわべさくら
シリーズ好評発売中!!

オーバーラップ文庫
COMIC GARDO
コミックガルド
にて
コミカライズ!
俺にトラウマを与えた女子達がチラチラ見てくるけど、残念ですが手遅れです
The girls who traumatized me keep glancing at me, but alas, it's too late.
このラブコメ、みんな手遅れ。
昔から女運が悪すぎて感情がぶっ壊れてしまった少年・雪兎。そんな雪兎が高校に入学したら、過去に彼を傷つけてトラウマを与えてきた幼馴染や元部活仲間の少女が同じクラスにいた上に、彼のことをチラチラ見ているようで……?
著 御堂ユラギ　イラスト 緜
シリーズ好評発売中!!

オーバーラップ文庫
現役JKアイドルさんは暇人の俺に興味があるらしい。
大人気アイドルと過ごす“0距離”の放課後
高校生の関原航は放課後を自由に過ごす暇人だった。何にも縛られないって最高。毎日気ままに生きていた航はしかし、同じクラスの絶大な人気を誇る現役JKアイドル・桜咲菜子に突然声をかけられて!?　人気アイドルと暇人の高校生が紡ぐ日常胸キュンラブコメディ!
著 星野星野　イラスト 千種みのり
シリーズ好評発売中!!